D1751396

© 2013, Septime Verlag, Wien
Alle Rechte vorbehalten

Lektorat: Alexander Riha
Umschlag und Satz: Jürgen Schütz
Umschlagfoto: Valerie Fritsch
Druck und Bindung: Druckerei Theiss GmbH
Printed in Austria

ISBN: 978-3-902711-25-0
www.septime-verlag.at

www.facebook.com/septimeverlag | www.twitter.com/septimeverlag

Jürgen Bauer
Das Fenster zur Welt
Roman

I

Hanna hatte nie gedacht, dass sie ihre Mutter überleben wird.

Sie stand vor dem schweren Holzbett, in dem der tote Körper lag, der kaum mehr als Haut und Knochen war. Sie schaute in ihre eingefallenen Augen. Was hatte sie sich bloß gedacht? Dass sie den Nachttopf ihrer Mutter bis in alle Ewigkeit ausleeren muss? Immerhin war sie hundert Jahre alt geworden, wenige Wochen vor Hannas eigenem achtzigsten Geburtstag, der kaum einen Monat her war. Langsam lief ihr eine Träne über das Gesicht, die sie aber schnell fortwischte. Sie wollte nicht weinen. Sie hätte natürlich sofort das Bestattungsunternehmen anrufen können, aber nachdem sie bei ihrer Großmutter gesehen hatte, wie unsensibel, hart und rau dort mit Toten umgegangen wurde, wollte sie selbst tun, was zu tun war.

Beim Anziehen des schönen schwarzen Kleides, das ihre Großmutter immer so gemocht hatte, hatte ihr der Bestatter damals die Schulter gebrochen. Hanna konnte sich noch genau an das Geräusch erinnern, den lauten Knacks, der im stillen Schlafzimmer ihrer Großmutter so unbarmherzig geklungen hatte. Der Bestatter hatte gemeint, das sei bei den kalten und steifen Körpern der Toten durchaus üblich, und ihr Großvater, der die ganze Zeit nicht von der Seite seiner Frau gewichen war, hatte versucht, Hanna zu beruhigen, obwohl er selbst um Fassung hatte ringen müssen. Erst jetzt und heute verstand Hanna, aus welchem Winkel seines Herzens er damals die Kraft dafür geholt hatte, aber dem kleinen Mädchen, das sie damals gewesen war, hatte sich das Bersten des Knochens als Geräusch des Todes für immer eingeprägt. Sie hatte sich aus den Armen ihres Großvaters gerissen und war sofort aus dem Zimmer gelaufen. Nein, das sollte ihrer Mutter erspart bleiben. Sie wollte ein letztes Mal das machen, worum sie die letzten Jahre immer gekämpft hatte: ihrer Mutter etwas Würde bewahren. Das war schwer genug gewesen, der Krebs hatte nicht nur ihren Körper zerstört, er hatte auch ihre ganze Persönlichkeit in Beschlag genommen. Als wäre all das, was einen Menschen ausmacht, nicht schwerer als eine Feder, auf jeden Fall so leicht, dass es mit einem Handstreich wegzuwischen, mit dem Windhauch eines Diagnoseblattes einfach fortzuwehen war. Hanna hatte ihre Mutter nur als liebevollen Menschen gekannt, der sie ihre ganze Kindheit über vor dem Vater beschützt und den Kampf mit diesem so viel größeren, stärkeren Mann nie gescheut hatte. Aber in den letzten Jahren war sie härter, unerbittlicher und bösartiger geworden. Hanna hatte ihr nie einen Vorwurf gemacht. Ihre Mutter hatte für so lange Zeit fast unbeweglich im Bett liegen müssen, den Blick starr auf die weiße Decke über sich gerichtet. Den Fernseher hatte sie genauso wenig ertragen wie das Radio. Nur die alten Kinderbücher, die Hanna ihr jeden Abend vorgelesen hatte, hatten ihr bis zuletzt so etwas wie Freude bereitet. Zumindest vermutete Hanna das, hin und wieder hatte sie im zerfurchten Gesicht ihrer Mutter, in dem außer Schmerzen und Leid kaum mehr eine Emotion erkennbar gewesen war, ein Lächeln zu sehen gemeint. Schon Jahre vor ihrem Tod hatte sie zu sprechen aufgehört und Hanna doch deutlich und unverkennbar zu spüren gegeben, dass sie nicht hier sein wollte. Hatte Abscheu ausgedrückt,

Ekel vor sich selbst und der eigenen Schwäche, dem eigenen Verfall, nur durch ihre Augen, ihr Stöhnen und ihre Schreie, an die sich die Tochter nie hatte gewöhnen können.

Jetzt räumte Hanna die alten Bücher fort und rückte das Nachtkästchen zur Seite. Sie machte das, was sie die letzten sechs Jahre jeden Morgen um diese Zeit gemacht hatte: Sie machte sich an die Arbeit. Sie holte die kleine Emailwanne mit dem abgeblätterten Blumenmuster aus dem Kasten in der Küche und stellte Wasser auf die Herdplatte. Dann nahm sie den weichen blauen Lappen vom Wäscheständer, den sie noch am Abend zuvor ausgekocht und zum Trocknen aufgehängt hatte. Sie fühlte den weichen Stoff, den einzigen, der ihrer Mutter nicht wehzutun schien. Sie hatte den Lappen in einem Babygeschäft gefunden. All die Windeln und Fetzen aus dem Krankenhaus hatten ihre Mutter vor Schmerzen aufstöhnen lassen. Aber der weiche Stoff dieses Babytuches war ihr angenehm gewesen und so hatte Hanna ihn behalten, obwohl die Farbe längst ausgewaschen war.

Sie sah sich in der kleinen Wohnung ihrer Mutter um, in der sie jeden Winkel kannte. Nur eine winzige Küche und ein Schlafzimmer, kein Vorraum, kein Badezimmer, auch sonst kein Luxus. Und doch hatten sie hier fast dreißig Jahre gut gewohnt, Wohnung an Wohnung, nur durch eine Gipswand getrennt. Sie fuhr mit dem Zeigefinger in das Wasser, um die Temperatur zu prüfen, und diese kleine Geste ließ sie plötzlich innehalten, diese unscheinbare Bewegung, die ihr die letzten Jahre in Fleisch und Blut übergegangen, zur morgendlichen Selbstverständlichkeit geworden war. Und erst jetzt gestattete sie sich zu weinen. Und von nun an weinte sie die ganze Zeit, ohne es zu merken. Sie weinte, als sie das warme Wasser in die Wanne goss und als sie den blauen Lappen nass machte, als sie die schwere Steppdecke gebückt und stöhnend auf jene Seite des Ehebetts legte, die schon seit langer Zeit leer war. Sie weinte, als sie den Oberkörper ihrer Mutter hochhob, um ihr das Nachthemd auszuziehen, und als sie dabei die schweißigen Haare roch, die Haare einer Bettlägerigen, die so aufwendig im Liegen zu waschen waren. Sie weinte, als sie die schon kalten und ein wenig steifen Arme ihrer Mutter behutsam zur Seite bog, um die Achseln mit dem Tuch zu reinigen. Wann in dieser Nacht war sie wohl gestorben? Hatte Sie geschlafen? War sie noch einmal aufgewacht? Sie weinte, als sie die alte Stoffwindel herunterriss und über die Menge an Scheiße erschrak, die das ganze Bett verschmutzte. Sie weinte, als sie das Wasser wechselte, ihre Mutter langsam und bedächtig fertig wusch, als sie den Kleiderschrank nach dem schönsten Kleid durchsuchte und ihrer Mutter das erste Mal seit sechs Jahren wieder etwas anderes anzog als ein Nachthemd. Selbst die kleinsten Kleider wirkten mittlerweile viel zu groß an ihrer Mutter. Sie weinte schließlich, als sie sich ein letztes Mal von ihrer Mutter verabschiedete, die sie so lange gepflegt hatte, und ihr einen Kuss auf die dünnen, eingefallenen Lippen drückte. Aber sie weinte nicht mehr, als sie das Telefon nahm und ihre Tochter anrief.

*

Nach so langer Zeit fühlte es sich verboten an, wieder hier zu sein.

Michael öffnete die Tür und trat durch den schweren schwarzen Vorhang. Außer ihm standen noch ein paar Männer im Eingangsbereich, er sah sich um und ging dann direkt zur Kassa, bezahlte den Eintritt und bekam dafür einen Plastiksack. In der Garderobe, einem kleinen Raum mit ein paar Bänken, war nicht viel los. Die letzten Jahre war er nicht mehr hier gewesen und auch davor hatte er sich nur selten in die Schnellbahn gesetzt, um hierher zu kommen. Meistens dauerte die Fahrt länger als sein Aufenthalt. Was auch immer er hier hätte finden können, war auf anderen Wegen leichter zu bekommen gewesen. Er wunderte sich, wie ein Lokal, das doch von seinem Zweck her so viel Aufregung versprach, seinen Eingangsbereich so unspektakulär, fast bieder gestalten konnte. Man kam sich vor wie an der Kinokasse. Michael zog seine Kleidung aus: Schuhe, Jacke, Pullover, Jeans, T-Shirt, Unterwäsche, nur die Socken behielt er an. Dann stopfte er alles in den Plastiksack und zog seine hohen Stiefel wieder an, die hier so beliebt waren. Kurz hielt er inne, blickte an sich hinunter und überlegte: War ihm kalt? Nein, hier wurde auf die Temperatur geachtet, zumindest so viel Entgegenkommen musste sein.

Er ging nackt zur Garderobe und gab den Plastiksack ab. Der Junge dort lächelte bemüht, nahm Michaels Kleidung, trug sie in einen separaten Raum und kam mit einer Nummer zurück, die er Michael in die Hand drückte. Hatte es etwas zu bedeuten, dass der Junge keinen Blick an ihn verschwendete? Er sah doch immer noch ganz gut aus? Verunsichert verbot er sich weitere Gedanken, bedankte sich und ging durch die Tür in den Barraum.

Hier saßen schon einige Männer eng aneinandergedrückt in etwas abgetrennten Kabinen. Andere, weniger unansehnliche, wie Michael bemerkte, lehnten an der Bar oder saßen auf Barhockern und tranken Bier. Michael hatte beinahe schon vergessen, wie lächerlich es aussah, wenn erwachsene

Männer nackt nebeneinander aufgereiht standen und so taten, als sei es das Natürlichste auf der Welt, dass andere mitten unter ihnen Sex hatten. Er mochte diese Biederkeit, diese Langeweile. Was dachten sich andere wohl, was hier abging? Natürlich waren alle nackt, natürlich wollten die meisten Sex. Aber das machte das Ganze noch nicht aufregender als das Stammlokal am Eck kurz vor Sperrstunde. Die beiden Männer, die direkt an der Bar ihren Spaß hatten, wurden von den anderen nicht einmal eines Blickes gewürdigt. Aus Eifersucht? Wahrscheinlich, weil es in Wirklichkeit kein besonders aufreizender Anblick war. Der eine hatte noch sein halb volles Bier vor sich stehen und nahm hin und wieder einen Schluck. Michael hatte es immer abgestoßen, dass die hässlichsten Männer hier völlig selbstverständlich den meisten Sex abbekamen, weil sie nicht darüber nachdachten oder weil es ihnen egal war und sie sich einfach nahmen, was sie wollten.

Michael ging an der Bar vorbei, er war nicht auf ein Bier gekommen. Am Ende des Raumes führte eine Treppe in das Untergeschoß und dort wollte er hin. Am Geländer lehnte ein junger Mann, der jeden begutachtete, der an ihm vorbei nach unten ging. Vermutlich überlegte er, wem er folgen sollte. Das war eigentlich zwar geschummelt, aber was hätte Michael schon sagen sollen. Er drängte sich an ihm vorbei, ging schnell die Stiegen nach unten und schob die Vorhänge zur Seite. Er gab seinen Augen einen kurzen Moment, damit sie sich an die völlige Dunkelheit gewöhnten, tastete sich dann durch den Raum und wartete darauf, im Dunkeln berührt zu werden. Michael versuchte sich vorzustellen, wie das Ganze von außen aussah. Wie eine Verzweiflungstat, um über die Trennung von Ernst hinwegzukommen und um zu vergessen. Es war erst einige Tage her, als Michael nach Hause gekommen war, in die Wohnung, die Ernst in der Zwischenzeit leergeräumt hatte. Oder wirkte das hier eher wie ein Sexrausch, um das Gefühl des tiefen Verlusts durch oberflächliche Reize zumindest für kurze Zeit zu ersticken. Würde er dann nicht heulen und Ernsts Namen rufen, der von den nackten schwarzen Wänden ins Nichts widerhallt? Dramatischer wäre es, nackt aus dem Club in den Regen — es regnete nicht — zu hetzen, nach einiger Zeit stehenzubleiben, völlig nass in den Himmel zu schielen und in Tränen auszubrechen. Schade, dass das mit den Tränen immer schwierig für Michael geblieben war, er konnte einfach nicht auf Stichwort heulen.

Michael war froh, dass es hier so dunkel war und ihn niemand sah oder erkannte. Er war hier, weil er das Gefühl mochte. Das Gefühl der vielen Hände an seinem Körper, der unerwarteten Berührungen, die er im Dunkeln nicht vorhersehen konnte, der überraschenden Reaktionen seines Körpers, die hier noch intensiver waren. Das änderte nichts an seinen Gefühlen Ernst gegenüber, das überdeckte auch nichts, das war schon gar kein Rausch. Es war am ehesten eine Massage, eine Massage mit anderen Mitteln. Er hatte auch kein schlechtes Gewissen, er fühlte sich nicht schmutzig, höchstens ein klein wenig verrucht. Es änderte aber auch nichts daran, dass er Ernst vermisste. Es war eben ein Versuch. Und doch war er nicht völlig bei der Sache, wechselte gelangweilt den Ort, sobald ihn Hände etwas länger berührten. Nach einiger Zeit beschloss er, doch zur Bar zu schauen, und tastete sich langsam zur Tür.

Als sich seine Augen wieder an das spärliche Licht gewöhnt hatten, sah er an der Bar einen nackten Rücken, den er nicht verwechseln konnte. Ernst hatte wirklich nicht lange gewartet, hier schnellen Sex zu suchen, aber es wäre lächerlich gewesen, sich diesen Gedanken an seiner Stelle nicht sofort zu verbieten. Schließlich stand er genauso nackt hier. Ernst lehnte alleine an der Bar und trank Bier. Michael war sich nicht sicher, wie man sich in so einer Situation wohl verhalten sollte. Er überlegte kurz, zum Ausgang zu gehen und hoffte, Ernst würde ihn nicht bemerken, blieb dann aber doch stehen und wartete darauf, was er machen würde. Er war zu neugierig, jetzt einfach zu verschwinden.

Nach einiger Zeit drehte sich Ernst schließlich um und fing sofort Michaels Blick ein, sie blieben beide stehen, machten keinen Schritt aufeinander zu, taten aber auch nicht so, als hätten sie sich nicht gesehen. Michael wollte sich keine Blöße geben. Der Gedanke erschien ihm absurd, schließlich standen sie nackt voreinander, zwei Männer, kurz nach der Trennung. Trotzdem, er wollte etwas Würde bewahren, wie lächerlich dieser Versuch hier auch wirken musste. Er musterte den Mann, der vor Kurzem noch sein Partner gewesen war, von Kopf bis Fuß. Der Anblick des nackten Körpers überraschte ihn völlig und er erschrak über dieses Gefühl. Einerseits kannte er Ernsts Körper, hatte sich in den letzten Jahren völlig daran gewöhnt und auch jetzt rief der Anblick sofort Gerüche und Geschmäcker in ihm wach, die er mit ihm verband. Er konnte nichts dagegen unternehmen, er spürte, wie Ernsts Körper sich an seinem immer angefühlt hatte, und hatte sofort den vertrauten Geruch in der Nase, über die Distanz des Raumes hinweg. Und andererseits erschien ihm der Anblick auch völlig neu und beinahe unheimlich. Der Körper, der ihm in den letzten Jahren fast so vertraut geworden war wie sein eigener, erschien ausgeschnitten und auf diesen

Hintergrund geklebt, der ihm eine vollkommen neue Aura gab. Sollten sie sich schämen oder mussten sie ein schlechtes Gewissen haben, war das hier der endgültige Schlusspunkt ihrer Beziehung, die Farce zur Tragödie? Ernst blickte Michael immer noch in die Augen und dann begann er langsam zu lächeln. Es war ein warmes, fast wohlwollendes Lächeln, ein vertrauter Ausdruck, der Michael in seinen Bann zog und ihn schließlich dazu brachte, auf Ernst zuzugehen. Erst nach ein paar Schritten meinte er, auch etwas anderes in diesem Lächeln zu erkennen, ein wissendes Eingeständnis, eine verständnisvolle Herablassung, wie man sie in den Blicken von Eltern auf ihre Kinder oft sah. Doch nun war es zu spät.

»Bist du hergekommen, um mir etwas zu beweisen?«

»Hallo Ernst.«

»Wegen dem Zettel? Bist du deswegen hier?«

Michael wollte sich sofort umdrehen und verschwinden. Er wollte vor dem vorwurfsvollen Ton in Ernsts Stimme davonlaufen, der Aggression und Arroganz zugleich verriet und doch nicht völlig lieblos war.

»Oder bist du hier, um dir selbst etwas zu beweisen?«

Er sprach von dem Zettel, den er ihm hinterlassen hatte. Dem Zettel, den Michael an der Kühlschranktür gefunden hatte, nachdem er in die leergeräumte Wohnung zurückgekommen war, in der er gemeinsam mit Ernst gelebt hatte.

Du machst überhaupt nie etwas.
Ich glaube, du bist gar nicht schwul.

Die zwei seltsamsten Abschiedssätze, die er sich hatte vorstellen können.

»Ich bin nicht hier, um irgendetwas zu beweisen.«

Seltsamerweise hatte er während seiner Beziehung mit Astrid tatsächlich nie etwas vermisst. Die unbändige Lust auf Männer, die er schon früh gespürt hatte, war während seiner Beziehung mit ihr zur tief verborgenen Erinnerung aus Teenagerzeiten geworden und erst nach ihrer Trennung wieder voll hervorgetreten. Erst dann hatte er sich eingestanden, doch schwul zu sein. Aber stimmte das? Gab es nicht genug Männer, die mit Frauen lebten und trotzdem Sex mit Männern hatten? Die beiden Abschiedssätze hatten ihn ganz seltsam berührt. Nicht wegen ihrer Brutalität, auch nicht wegen der Kälte, die aus ihnen sprach, sie hatten ihn berührt, weil sie eine beunruhigende Frage aufgeworfen hatten: Wer war er, wenn ihm nicht einmal sein Körper und dessen Bedürfnisse bewusst waren?

»Ich bin hier, um Spaß zu haben.«
»Kannst Du das überhaupt?«
»Ich hatte ihn bis jetzt.«
Er log.
»Ich habe das Gefühl, du willst unter allen Umständen unglücklich sein.«
»Weißt du, ich kenne wenige Menschen, die solche Sätze so selbstverständlich rausknallen wie du«, sagte Michael.

Im Hintergrund lief ein Song, der nach Plastik klang. Michael kannte ihn nicht, er hatte seit Jahren keine neue Musik mehr gehört, aber so wurde das Gespräch nur noch seltsamer.

»Bist du hingegangen? Hast du mit ihr geredet?«
Er wusste nicht, wovon Ernst sprach.
»Zur Ärztin. Bist du hingegangen?«
Ernst hatte für ihn einen Termin bei einer Psychologin ausgemacht, die er im Internet gefunden hatte. Er hatte Michael wochenlang dazu überreden müssen, bis er schließlich zugesagt hatte.

»Hast du?«

»Was?«

»Mit ihr geredet.«

»Natürlich habe ich mit ihr geredet. Du hast ja schließlich genug dafür bezahlt. Nehme ich an. Aber stehen wir wirklich hier und reden über meinen Irrenarzt?«

»Und?«

»Und was?«

»Was hat die Ärztin gesagt?«

»Fällt das nicht unter die Schweigepflicht?«

Michael quälte sich zu einer freundlichen Geste und zog die Mundwinkel nach oben.

»Ich will nur, dass es dir gut geht.«

Jetzt musste Michael laut lachen. In der Nähe drehten sich ein paar Männer um, obwohl die Musik immer noch aus den Lautsprechern dröhnte. Lautes Lachen war man hier nicht gewohnt, Blicke reichten zur Kommunikation aus.

»Du willst, dass es mir gut geht? Mir geht es wunderbar. Du hast mit mir Schluss gemacht, aber es geht mir wunderbar. Ich komme abends nach Hause und die halbe Wohnung ist leer, aber es geht mir wunderbar, könnte nicht besser gehen. Arbeitslos und alleine in einer Wohnung, von der ich nicht weiß, wie ich sie bezahlen soll. Findest du das nicht auch wundervoll? Einen Zettel am Kühlschrank, sonst nichts. Kein Wort, kein Gespräch, kein Anruf. Du willst, dass es mir gut geht? Kann dir das nicht egal sein, so wenig wie du für mich empfindest?«

»Ich liebe dich.«

Michael blickte ungläubig von einer Ecke in die andere, ließ seinen Blick über nackte Männerkörper streifen, von

15

der Bar zum Ausgang, von der Treppe zum Darkroom bis zur Tür zum Klo. Aber niemand beobachtete sie, glotzte ungläubig oder verstört wegen dieser Worte, die hier sicher noch nie jemand ausgesprochen hatte. Es ging alles seinen gewohnten Gang.

»Du warst die einzige Entscheidung in meinem Leben, die ich nie bereut habe«, sagte Michael.

Im Hintergrund lief jetzt ein alter Madonna-Song. Ernst verzog das Gesicht.

»Das war einfach zu viel für mich, das kann niemand alleine tragen.«

Michael wusste nichts darauf zu antworten.

»Weißt du, was ich mir mehr als alles andere gewünscht habe, die letzten Jahre? Einen stinknormalen Abend.«

»Ich wollte nichts anderes.«

Jetzt log Michael nicht. Es war das, was er gewollt hatte. Immer noch wollte. Aber es war offenbar nicht das, was er konnte. Ernst schnaufte. Es klang wie Husten. Michael sah ihm in die Augen.

»Ich hätte einfach besser spielen müssen«, sagte er.

»Spielen?«

»Spielen. Glücklich sein spielen. Und irgendwann klappt das. Wie im Theater. So lange tun als ob, bis irgendwann eine echte Emotion entsteht.«

»Du hättest so viel ändern müssen. Anders machen.«

»Ich hätte doch auch einfach spielen können, dass sich alles geändert hat. Ich war einfach zu ehrlich mit dir.«

»Ich bin nicht dein Publikum.«

Michael versuchte zu weinen, aber es gelang ihm nicht. Er konnte keine Emotion in sich finden, nichts, das diese Tränen aus ihm herauspressen konnte. Da war nur dieses dumpfe Gefühl, diese Schwere unter den Augen. Ernst wandte sich ab.

»Ich wollte nur mal wieder einen normalen Abend. Wie früher. Nichts Spektakuläres, keinen Liebesbeweis. Einfach einen normalen Abend mit dir. Aber jeder Abend, egal wie er begonnen hat, ist irgendwann einfach abgebogen, völlig undramatisch. Aus dem Ruder gelaufen. Und ich konnte nichts dagegen machen. Gar nichts. Ich war einfach hilflos.«

»Und ich war schuld. Wie immer.«

Michael wusste, dass er schuld war. Doch diese Schuld war ihm immer erst im Nachhinein bewusst geworden. Zu spät. Erst dann war ihm klar geworden, welchen Anteil er daran gehabt hatte. Er hatte Ernst auflaufen lassen. Immer wieder. Nicht aus Bosheit, nicht aus Lust am Streit, auch nicht aus Ärger oder Wut, sondern schlicht aus Unfähigkeit, es anders zu machen. Wie oft war er mit Ernst am Tisch gesessen und hatte sein Lächeln bemerkt, das ihm wie neu vorgekommen war. Der Anblick hatte ihn jedes Mal völlig unvorbereitet getroffen, dieses breite, einnehmende Lächeln vollkommen ohne Ironie, mit einer Offenheit, die keinen Hintergedanken und keine Bösartigkeit kannte. Dieses Strahlen im Gesicht, in das er sich sofort verliebt hatte, damals. Als alles einfach gewesen war, unkompliziert und mühelos. Wie oft hatte er etwas Nettes sagen wollen, nur eine Kleinigkeit, mehr wäre nicht nötig gewesen. Und wie oft hatte er dann doch etwas anderes gesagt. Etwas, das, kaum ausgesprochen, nicht mehr zurückzunehmen war, so sehr er auch wollte. Wie konnte man, wenn man sich selbst so genau vor Augen sah und wenn man wusste, was man wollte und welche Zeichen und Taten man dafür setzen müsste, doch so entgegen all dem handeln, was man fühlte?

Michael sah zu Boden, wie ein kleines Kind, das bei einer Lüge ertappt wird. Immer wusste er, welchen Anteil er an einem Streit, an einem verletzten Schweigen hatte. Und niemals konnte er anders handeln. Wie würde er das beschreiben? Als führerlosen Zug? Als Auto, bei dem die Bremse nicht funktioniert? Michael sah Ernst an. Es war ihm beinahe unheimlich, wie ähnlich sie sich in all den Jahren geworden waren: die kurzen Haare, die am Hinterkopf schon etwas weniger wurden, der Dreitagebart. Sie hatten sogar dieselbe Haltung eingenommen. Wie Hund und Herrchen, dachte er.

»Du hättest irgendetwas gebraucht. Eine Perspektive«, sagte Ernst.

Michael wusste das.

»Einen Ausblick. Irgendetwas Neues. Aber du hast einfach nichts gemacht. Gar nichts. Alles abgesagt und dich zurückgezogen. Wir haben ja nicht einmal mehr miteinander geschlafen. Warum glaubst du, habe ich dir diesen Satz geschrieben?«

Er fühlte sich ertappt.

»Wir hätten einfach einen Neuanfang gebraucht.«

Auch das war ihm klar. Und dennoch, was hätte er erwidern sollen, außer:

»Ich weiß schon, was ich brauche. Das musst du mir nicht sagen. Du bist nicht mehr in meinem Leben.«

»Ich habe dich vermisst«, sagte Ernst.

»Ich war immer da«, antwortete Michael.

»Du hast mich runtergezogen. Mich und dich. Wegen nichts. Ich habe versucht, das zu verstehen. Dich zu verstehen. Ich habe mir wirklich Mühe gegeben.«

Das hatte er und Michael nickte.

»Aber es ging nicht. Ich bin nicht dahintergekommen. Wie du tickst.« Es wurde schwerer und schwerer, Ernst weiter zuzuhören.

»Ich habe dir Zeit für dich gegeben. Es hat nichts genützt. Ich war bei dir. Ich war verständnisvoll. Ich war hart. Ich habe einen Urlaub gebucht. Es hat nichts genützt. Ich habe eine neue Wohnung gesucht. Immer dasselbe.«

Michael wusste, dass Ernst Recht hatte, und dennoch war er trotzig, verärgert.

»Aber du wolltest nicht das Leben mit mir leben, das mich glücklich gemacht hätte. Du willst mich nur fertig machen. Das ist dein einziges Ziel. Sogar jetzt noch.«

»Kannst du dir vorstellen, dass es Menschen gibt, die einfach nur glücklich sein wollen? Warum konntest du dir das nicht erlauben?«

Michael wollte etwas sagen, aber er konnte sich nicht dazu durchringen.

»Hat sie dir geholfen?«

»Wer?«

»Die Ärztin.«

»Ich bin nicht reingegangen. Ich bin davongelaufen, als sie meinen Namen aufgerufen haben.«

Michael wollte nur mehr seine Kleidung zurück. Er fühlte sich nackt.

*

»Du musst das auch mal als Chance sehen.«

»Ich muss es als Chance sehen, dass Oma tot ist?«

Hanna saß neben ihrer Tochter Ilse im Auto und versuchte, alle Dokumente in ihrer Handtasche zu finden, die sie am Morgen hineingeschlichtet hatte. Hoffentlich hatte sie nichts vergessen.

»Du verdrehst mir die Worte im Mund.«

»Was gibt es da zu verdrehen? Du hast gesagt: ›Du musst das auch mal als Chance sehen‹.«

»Dass du jetzt auch wieder Zeit für dich hast.«

»Weil Oma tot ist.«

»Ja, weil Oma tot ist. Meine Güte! Immerhin hat sie ein ganzes Jahrhundert gelebt.«

»Und was soll das heißen? Dass es dann einmal reicht?«

Ihre Tochter sagte kein Wort mehr. Dass das Auto immer noch fuhr, überraschte Hanna jedes Mal aufs Neue. Sie hatte sich das Gefährt vor fast zwanzig Jahren gekauft, es dann aber kaum benutzt. Damals, schon lange nach der Scheidung, hatte sie sich eingebildet, den Führerschein machen zu müssen. Schließlich würde sie nun niemand mehr herumkutschieren. Den Schein hatte sie erst nach mehreren Monaten Fahrschule und etlichen Anläufen zur Prüfung bekommen. Sie wusste, ihrem Fahrlehrer war damals noch unwohler gewesen als ihr. Gleich danach hatte sie sich dieses riesige Auto einreden lassen, das ihr schon damals Angst eingeflößt hatte und für das ihr bisschen Geld auch nicht wirklich reichte. Ilses Mann hatte gemeint: je größer, desto sicherer. Offenbar hatte ihr Schwiegersohn nach diversen Probefahrten mit ihr auch seine eigenen Vorstellungen von ihrem Fahrstil entwickelt. Sie hatte dann widerwillig Geld von ihrer Tochter angenommen, Ilse hatte darauf bestanden. Das Einzige, das sie damals selbst entschieden hatte, war die Farbe gewesen, ein rotes Auto sollte es in jedem Fall werden. Sobald das Auto aber vor dem Haus gestanden war, hatte Hanna es nicht mehr benutzen wollen. Zuerst hatte sie sich von ihrer Tochter und ihrem Schwiegersohn noch zu kleinen Ausfahrten überreden lassen, doch als sie eines Tages an der Kreuzung ein parkendes Auto geschrammt hatte, hatte sie entschieden, ihre Autofahrerkarriere aufzugeben, bevor Schlimmeres passieren konnte. Sie hatte das Auto ihrer Tochter geschenkt, die es seither begeistert fuhr. Hanna stellte die Handtasche auf den Boden und krallte sich an der Halteschlaufe fest.

»Musst du dich schminken, während du fährst?«

»Du hattest es ja so eilig. Da bin ich zu Hause nicht dazu gekommen. Hier, für dich.«

Ilse drückte Hanna etwas in die Hand.

»Was ist das?«

»Schminkzeug. Du siehst ganz verheult aus.«

»Rate mal, warum.«

Ihre Tochter rollte mit den Augen. Das hatte sie schon als Kind gemacht, es passte aber so gar nicht zu jener erwachsenen Frau, die jetzt neben Hanna saß.

»Aber das müssen die doch nicht sehen.«

»Das ist ein Bestattungsunternehmen. Wenn die keine Tränen sehen wollen, sind sie im falschen Beruf.«

»So habe ich das nicht gemeint.«

»Was hast du denn dann gemeint?«

»Dass man sich nicht so gehen lassen muss. Man kann doch trotzdem ein bisschen auf sich achtgeben.«

»Gut aussehen. Auch wenn Omi tot ist.«

Ilse trug ein enges dunkelblaues Kleid, zu Schwarz hatte sie sich wohl nicht durchringen können, dachte Hanna. Für ihren Geschmack war das Kleid auch um einiges zu tief ausgeschnitten, aber sie hatte sich auf die Lippen gebissen und nichts gesagt, sie wollte heute nicht erneut einen Streit beginnen. Hanna sah aus dem Fenster auf die vorbeifliegenden Bäume. Den Bestatter hatte sie im Telefonbuch gefunden, und auch wenn sein Büro etwas außerhalb lag, der Name war ihr sympathisch erschienen. Der Wald war schon etwas grün, obwohl es dafür eigentlich noch viel zu früh war. Ilse schnaufte.

»Wenn du unbedingt streiten willst, ich nehme es dir nicht übel. Jeder reagiert anders auf so etwas.«

»Aber ich will doch nicht streiten.«

»Peter sagt, ich muss geduldiger mit dir sein.«

»Ich bin doch kein kleines Kind!«

»Das hat ja auch niemand gesagt. Du …«

»…verdrehst mir nur die Worte im Mund, ich weiß.«

»Dass du immer gleich so eingeschnappt sein musst, Mama.«

Hanna schaute wieder auf die Bäume vor dem Fenster.

»Ich habe immer ›Mutti‹ zu ihr gesagt, nie ›Mama‹. Wo man so etwas wohl her hat?«

Ilse war immer noch nicht fertig, sich zu schminken. Hanna fand, sie sah mittlerweile aus, als wolle Sie auf einen Ball gehen, nicht zu einem Bestatter.

Hanna wusste, dass das, was jetzt kam, schwierig werden würde. Sie wollte nicht streiten, sie wollte Ilses Hilfe. Sie räusperte sich. Wie sollte sie beginnen?

»Ich möchte zu Johannes fahren.«

Vielleicht war es am besten, ganz direkt zu sein. So hatte sie es bisher immer gehalten.

»Das klingt vielleicht seltsam, aber seitdem Oma tot ist, denke ich dauernd daran. Es ist so lange her, dass ich ihn gesehen habe. Und wann, wenn nicht jetzt? Ich brauche deine Hilfe. Ich brauche jemanden, der mit mir fährt.«

Ilse unterbrach sie.

»Was möchtest du?«

»Johannes besuchen. Ein letztes Mal. Ich habe dir von ihm erzählt, erinnerst du dich? Ich traue mich nicht, alleine zu fahren.«

»Der ist doch sicher längst tot.«

»Sein Name steht noch im Telefonbuch.«

»Also ist es doch eine Chance, dass Oma tot ist. Nur darf ich es nicht aussprechen.«

»So habe ich das nicht gemeint.«

Hanna sollte wohl besser nichts mehr sagen. Es war wahrscheinlich einfach nicht der richtige Zeitpunkt, und als sie sich nach unten beugte, um die Handtasche zu nehmen, ging alles plötzlich ganz schnell. Sie hörte Ilse noch schreien, einen kurzen, fast atemlosen Schrei, dann ein lauter Quietscher, ein dumpfer Schlag und das Auto drehte sich, blieb aber erstaunlich schnell wieder stehen.

»Alles in Ordnung?«, fragte Hanna ihre Tochter.

»Was um Himmels Willen war das?«

»Ein Hirsch.«

Hanna konnte ihn in einiger Entfernung noch weglaufen sehen.

»Plötzlich war da ein dunkler Fleck, ich habe noch gebremst, aber … glaubst du, es ist ihm etwas passiert?«

»Er konnte zumindest noch laufen.«

»Ich meinte das Auto, Mama.«

Hanna kurbelte das Fenster hinunter und blickte nach vorne.

»Eine kleine Delle. Nichts Schlimmes. Du scheinst ihn nur leicht getroffen zu haben.«

Ilse wollte sich offenbar nicht selbst davon überzeugen.

»Das passiert hier öfter. Kannst du dich noch erinnern, als wir mit deinem Vater mal durch den Wald gefahren sind und eine ganze Wildschweinfamilie über die Straße spaziert ist?«

»Nein.«

Ilse zog den Schlüssel ab.

»Nein, ich kann mich nicht mehr erinnern.«

»Das war kurz vor der Scheidung. Eine Wildsau und fünf Frischlinge, du wolltest unbedingt aussteigen und sie streicheln, aber dein Vater hatte nur Angst, dass die Sau das neue Auto attackiert. Da hatten wir gerade unseren weißen Käfer, den du immer als Spielplatz benutzt hast, mit deinen Freundinnen. Ihr habt Urlaub gespielt und euch vorgestellt, ihr würdet mit dem Auto in ferne Länder fahren.«

Hanna strich Ilse über die Wange.

»Aber jetzt wein' doch nicht.«

»Wir sollten fahren, sonst verpassen wir den Termin.«

»Oma hat es nicht mehr eilig.«

*

Als Michael zurück in die Wohnung kam, fiel sein Blick sofort wieder auf jene Stelle, an der die Schuhe fehlten. Es war das erste Zeichen gewesen, dass er von nun an wieder allein sein würde. Ernst hatte nie viel Geld für Kleidung ausgegeben, aber schöne Schuhe waren ihm immer wichtig gewesen. Jedes Mal, wenn Michael nun die Eingangstür öffnete, blieb sein Blick sofort an der leeren Stelle am Boden hängen: Ernsts schwarze Halbschuhe, seine hohen braunen Lederstiefel, die ausgetretenen Doc Martens, die er nicht wegschmeißen konnte, seine Hausschuhe und die unzähligen Sneakers. Alle weg. Plötzlich sahen Michaels Schuhe ganz verlassen aus.

Er warf seine Tasche in die Ecke und hängte seine Jacke an den Türgriff, er atmete einmal kurz durch und öffnete dann die Tür zum Wohnzimmer. Auf den ersten Blick war alles wie immer und es war dieser ganz alltägliche und gewohnte Anblick gewesen, der ihn damals so getroffen hatte. Kein halbleeres Wohnzimmer, in dem die Lücken und Schatten mitgenommener Möbel sofort zu sehen waren und in dem klar war, an welchen Stellen Ernst fehlte. Es war ihr gemeinsames Wohnzimmer geblieben, der altbekannte Raum. Michael musste tatsächlich genauer nachsehen, musste die Laden und Regale durchwühlen, wenn er sehen wollte, wie Ernst aus seinem Leben verschwunden war. Die Bücher in Ernsts Hälfte des Bücherregals standen immer noch da, er wird sie nicht mehr abholen. Die Musiksammlung aber war weg, auch der Drucker, den Ernst gekauft hatte. Die Obstschüssel fehlte und ebenso der Polster mit dem Blumenmuster, den Ernst nach dem Tod seiner Großmutter aus deren Wohnung mitgenommen hatte. Im Schlafzimmer fehlte seine Kleidung, in der Küche aber brauchte Michael nicht nachzusehen, Küchengeräte hatte Ernst nie besessen. Sogar die Schmutzwäsche im Badezimmer hatte er damals mitgenommen, nur ein einziges T-Shirt am Wäschekorb hängen gelassen. Er war sich nicht sicher, ob Ernst ihm das Shirt absichtlich dagelassen hatte oder ob es beim schnellen Einpacken einfach unabsichtlich liegen geblieben war. Er hatte das Shirt damals sorgfältig zusammengefaltet und im Schlafzimmer unter der Matratze versteckt. Nur für den Fall.

Er setzte sich auf das Bett und, als sein Blick auf den halbleeren Schrank in der Ecke fiel, begann er endlich zu weinen. Er hatte nicht geweint, als er das erste Mal in die ausgeräumte Wohnung zurückgekommen war. Er hatte seitdem nicht geweint. Jetzt erst das sichtbare Zeichen seiner Gefühle, die er bisher niemandem hatte begreiflich machen können. Es war, als hätte ihm Ernst erst jetzt einen Grund für seine Trauer geliefert.

Die Monate vor ihrer Trennung hatte er versucht, mit Ernst zu reden, sich ihm zu erklären, obwohl er sich selbst nicht verstand. Je mehr Ernst versucht hatte, ein normales und glückliches Leben zu führen und Dinge zu tun, von denen er wusste, dass Michael sie mochte, je liebevoller er zu ihm gewesen war, je verständnisvoller, desto wütender war Michael geworden, da es offenbar an ihm und nur an ihm alleine lag, dass nichts davon Wirkung zeigte, dass nichts davon etwas daran änderte, wie leer er sich fühlte. Und umso verzweifelter Ernst geworden war, umso verbissener er versucht hatte, etwas zu finden, womit er Michael erreichen konnte, umso verschlossener und aggressiver war Michael geworden. Er hatte begonnen, sich dafür zu hassen. Und als Ernst endgültig gegangen war, hatte er sich noch stärker gehasst, hatte er die Aggression gegen sich noch intensiver gespürt. Doch jetzt fühlte er keinen Hass mehr, nur Trauer. Als hätte ein lang anhaltender Schmerz endlich aufgehört. Nach einiger Zeit wischte sich Michael die Tränen mit der Bettdecke ab, stand auf, nahm sein Telefon und wählte.

»Elvira, ich brauche neue Sachen.«

*

»Wir waren beim Bürgermeister, wegen einer neuen Wohnung für dich.«

»Ilse, nicht jetzt.«

»Schau dir doch an, wer noch in deinem Haus wohnt. Und das Klo am Gang, Mama. So kann es nicht weitergehen. Die bauen neue Wohnungen, gleich gegenüber, da musst du nicht weit wegziehen und kennst die Gegend.«

»Ein anderes Mal, bitte.«

»Er meinte, die Gemeinde kann dir da finanziell unter die Arme greifen, da findet sich schon ein Weg. Bitte.«

»Das ist wirklich nicht der richtige Ort.«

Gerade hatten sie den Sarg aus der Aufbahrungshalle geschoben. Hanna hatte ein schönes, helles Modell ausgesucht. Es hatte nicht zu teuer sein dürfen, aber in Pappe sollte ihre Mutter auch nicht begraben werden. Hanna ging hinter dem Sarg, Ilse neben ihr an ihrem Arm. Ihr Mann und die Kinder folgten direkt dahinter. Alle Bekannten waren schon vor ihr gestorben. Eine Freundin Hannas, die sie seit Jahren kaum mehr gesehen hatte, versuchte auf Krücken Schritt zu halten.

»Darüber reden wir später.«

»Das sagst du immer und jedes Mal weichst du dem Thema aus. Die neuen Wohnungen haben Bad und Dusche, Warmwasser und Zentralheizung. Dann musst du auch nicht mehr dauernd Holz in die Wohnung schleppen, wir sind doch auch nicht immer da. In deinem Alter.«

Schon die Rede des Pfarrers in der Aufbahrungshalle war schmerzlich kurz gewesen und hatte eigentlich nur mühselig jene paar Punkte miteinander verbunden, die Hanna vor der Zeremonie auf einen Zettel geschrieben hatte. Sie machte dem namenlosen Pfarrer keinen Vorwurf, er war erst in ihre Gemeinde gekommen, als Hannas Mutter schon lange bettlägerig gewesen war, und Hanna selbst hatte nie an so etwas glauben können. Seit sie auch nicht Taufpatin ihrer Enkelin hatte sein dürfen, hatte sie keinen Fuß mehr in eine Kirche gesetzt.

»Wie soll ich mir das denn leisten können?«

»Der Bürgermeister meinte, es wäre eine Schande, dass du überhaupt noch dort wohnst. Du hast doch jahrelang für die Gemeinde geschuftet, jetzt können sie auch was für dich tun.«

Mittlerweile näherte sich der Leichenzug dem Friedhof. Die Mitarbeiter der Bestattung hatten sichtbar Mühe, den Sarg über den Kiesweg zu schieben. Die zwei Ministranten trotteten neben dem Pfarrer her, der offenbar ein Gebet murmelte, Hanna konnte ihn nicht verstehen.

»Ich habe noch nie Hilfe gebraucht. Ich lasse mir doch nicht vom Bürgermeister eine Wohnung zahlen. Wo kommen wir denn da hin?«

»Mama, bitte. Du bist achtzig.«

»Außerdem habe ich immer für alles selber gearbeitet. Und noch nie von jemandem Geld genommen. Ich konnte mir kein Kostüm für dich leisten, als du als kleines Kind auf den Maskenball gehen wolltest, also habe ich eben selber eines genäht.«

»Nicht das wieder. Das hat doch damit gar nichts zu tun.«

»Ich habe Stricken gelernt, weil die Wolle billiger war als fertige Pullover. Als ich nach der Scheidung kein Geld hatte, bin ich wieder arbeiten gegangen. Ich habe immer für mich selbst sorgen können.«

»Weil du stur bist. Du hättest schon damals auf deinen Unterhalt bestehen sollen.«

Ilse ließ Hannas Arm los, die auf dem Kies unsicher weiterging.

»Ich wollte deinen Vater nicht mehr sehen und schon gar nicht wollte ich um sein Geld streiten. Er hat nicht gezahlt und was hätte ich tun sollen?«

»Ihn verklagen.«

»Wie naiv bist du eigentlich?«

Die Mitarbeiter der Bestattung stellten den Wagen neben dem schmiedeeisernen Eingangstor ab und hoben den Sarg an, auf den engen Wegen des längst viel zu kleinen Friedhofs kamen sie offenbar nur zu Fuß voran. In den letzten Jahren war er einige Male erweitert worden, Hanna hatte es in der Gemeindezeitung gelesen. Menschen sterben eben.

Schwer konnte der Sarg nicht sein, ihre Mutter hatte am Ende kaum mehr etwas gewogen, Hanna hatte sie jeden Tag gewaschen und sogar sie hatte sie anheben können.

»Trotzdem, du hättest schon viel früher ausziehen sollen.«

»Und Oma mitnehmen, in ihrem Zustand?«

Hanna war etwas außer Atem.

»Wir hätten das Pflegeheim doch bezahlt.«

»Man weiß doch, wie die mit alten Menschen umgehen. Da hätte ich sie lieber sterben lassen.«

»Mama!«

Mittlerweile waren sie am Grab angekommen, am Grabstein stand verblichen der Name von Hannas Vater. Die Steinwand dahinter war komplett mit Efeu überwuchert. Auf der anderen Seite dröhnten die Autos auf der Schnellstraße vorbei. *Ruhe in Frieden* stand am Grabstein.

»Du hättest mir ja auch helfen können. Genug Zeit hättest du gehabt.«

»Und jeden Tag der lange Weg? Ich habe doch das Haus und die Kinder.«

»Die Kinder sind längst erwachsen, Ilse. Ich musste mich auch um dich kümmern und habe trotzdem immer gearbeitet. Und ich war alleine.«

»Geht das wieder los? Ja, du hast gearbeitet und gekämpft, ich weiß. Aber ich bin eben nicht du. Außerdem kommen wir gut aus mit dem Geld, das mein Mann verdient.«

»Man arbeitet doch nicht nur für Geld.«

»Ich dachte, es geht um Oma, nicht um mich.«

Die Bestatter stellten den Sarg auf die dicken Holzbretter, die über der ausgehobenen Grube lagen, und zogen dicke Seile darunter durch. Dann traten sie zur Seite.

»Außerdem weißt du, dass ich Oma so nicht sehen konnte. Und der Geruch, ich weiß nicht, wie du das ausgehalten hast.«

»Nicht jetzt, nicht hier.«

Hanna trat ans Grab, hob die kleine Schaufel mit Erde und verabschiedete sich von ihrer Mutter. Sie überlegte kurz und sagte nur: »Mach's gut.«

*

»Ich kaufe Möbel ein, aber ich könnte auch etwas ganz anderes machen. Oder ich könnte gar nichts machen. Mir fehlt jegliches Gefühl. Ich dachte, ich wäre traurig, aber das ist es nicht. Ich leide nicht. Oder ich leide schon, aber nicht an Kleinigkeiten, also nicht an Dingen, die passieren oder eben nicht passieren. Wenn ich leide, dann am Gesamten. Dann daran, dass alles ganz anders sein könnte, einen komplett anderen Verlauf genommen haben könnte. An einem bestimmten Punkt. Aber das ist alles weg, außer Reichweite. Verschwunden. Egal wie gut oder schlecht das ausgesehen hätte, was danach gekommen wäre. Dass das jetzt einfach nicht mehr geht, das will ich nicht verstehen. Wie wenn du mit dem Auto direkt neben der Autobahn auf der Landstraße dahin kriechst, aber es gibt einfach keine Auffahrt mehr. Ich wünsche mir überhaupt nichts mehr, weil alles, was ich mir wünschen könnte, nichts am großen Ganzen ändert. Nichts daran ändert, dass alles einen anderen Verlauf gehabt haben könnte, wenn ich … ja, wenn ich was? Nicht mit Ernst hiergeblieben wäre? Ich wünsche mir gar nichts mehr, freue mich über nichts mehr, will gar nichts mehr. Aber macht mich das depressiv? Da kann auch keine Ärztin was dagegen machen. Ich bin hier mit dir, aber ich könnte auch etwas ganz anderes machen. Zu Hause sitzen und alleine trinken. Oder zu Hause sitzen und mir die Pulsadern aufschneiden. Aber wenn alles nur gespielt ist, wenn alles nur Fassade ist, wen kümmert das? Und was ändert das? Wieso soll nur das wirklich sein, was in mir drinnen ist, und nicht das, was ich jeden Tag tue und wie man etwas von außen sieht? Wenn ich jemandem erklären will, wie es mir geht, dann dringe ich nicht durch. Dann heißt es immer: Aber du gehst doch raus, du lachst doch. Du lebst doch dein Leben. Aber ich lache doch nur, weil ich mich entscheide zu lachen. Ich könnte auch weinen, ich könnte auch verzweifeln. Aber wen soll das weiterbringen? Ich lache ja nicht, weil ich glücklich bin, sondern weil das offenbar zum Leben dazugehört. Nur ist das eben nicht mein Leben, das ich lebe. Das hier ist einfach ein anderes Leben, das zu jemand anderem passt. Als hätte ich jemandem die Identität gestohlen. Und so gut oder schlecht dieses gestohlene Leben auch sein mag, in Gedanken hänge ich immer noch in dem möglichen

Leben, das aber nie wirklich geworden ist, verstehst du? Das da draußen stattfindet und mich nur als unbeteiligten Beobachter kennt, wie durch eine Glasscheibe getrennt, zum Zuschauen verdammt. Ist das ein altes Problem? Aber ich will doch eine neue Lösung!«

Michael ging etwas hinter Elvira, die einen Einkaufswagen durch die engen Gänge schob.

»Nichts Neues unter der Sonne. Aber seit wann stört dich das? Du magst doch sonst nur Zeug, das uralt ist.«

Elvira schmiss scheinbar unmotiviert Dinge in den Einkaufswagen.

»Hast du sonst nichts dazu zu sagen?«

Eigentlich waren sie hergekommen, um die wenigen Sachen nachzukaufen, die Ernst mitgenommen hatte.

»Wozu?«

»Zu dem, was ich gerade gesagt habe. Zu mir.«

Michael war sich sicher, dass Elvira auch einiges für sich selbst in den Einkaufswagen warf.

»Du bist nicht depressiv. Du bist nur unterbeschäftigt.«

Michael konnte sich hier für nichts entscheiden. Ernsts Meinung fehlte ihm immer noch, er wusste nicht, was ihm selbst gefiel.

»Du spielst einfach immer und wenn du redest, sind das Monologe. Mal gute, mal schlechte. Das hat alles keine Konsequenz und das weißt du. Und wenn etwas nicht funktioniert, spielst du einfach etwas anderes. Aber das sind alles nur Spiele, mit denen du das Vertrauen der Leute austestest. Und Ernst hat dir nicht mehr vertraut.«

Michael schätzte an Elvira, dass sie mit Worten wie mit einem Messer zustoßen konnte, ohne es wirklich böse zu meinen. Andere dachten oft, sie würde nur scherzen, und nahmen nicht ernst, was sie ihnen an den Kopf warf. Doch Michael wusste es besser.

»Und jetzt gibt es keine neuen Rollen mehr und du wirst panisch.«

Sie belog ihn nie, spielte ihm nie etwas vor.

»Vielleicht hat Ernst auch recht. Vielleicht bist du gar nicht schwul. Sex ist dir doch noch nie wichtig gewesen. Vielleicht hast du auch das nur gespielt.«

Michael nahm einige Dinge aus dem Wagen und schlichtete sie penibel in die Regale zurück. Elvira schien es nicht zu bemerken. Er mochte Sex, auch wenn Ernst dieses unbändige Verlangen in ihm nicht mehr ausgelöst hatte. Er sprach nur nicht gerne mit Elvira darüber. Sie hatte ihren Mann zwar erst vor Kurzem geheiratet, aber sie war seit fast zwanzig Jahren mit ihm zusammen. Er wusste nicht, wie ihr Sexleben aussah. Vermutlich gab es darüber auch nicht mehr viel zu erzählen.

»Du hattest doch mal eine Freundin.«

»Das ist ewig her.«

»Sag jetzt nicht, das war nur eine Phase. Du bist ja keine dreizehn mehr.«

Michael wusste nicht, was es gewesen war. Eine Phase sicher nicht. Es war keine Liebe gewesen, andererseits war er sich da auch nicht mehr so sicher. Es war auch keine Lust gewesen. Irgendwann hatte er Astrid kennengelernt, sie war Statistin in einem der Stücke gewesen, in denen er gespielt hatte, und dann war sie einfach nicht mehr weggegangen. Anders konnte er es nicht nennen. Er hatte keine besondere Lust gehabt, Zeit mit ihr zu verbringen, aber nach einigen Monaten war das Ganze zur Gewohnheit geworden. Sie hatten eine Beziehung geführt, die ohne den wirklichen

Willen der beiden und doch völlig ohne Zwang zustande gekommen war. Sie hatten sich ein-, zweimal in der Woche gesehen, hin und wieder miteinander geschlafen, was keiner von ihnen wirklich genossen hatte, und waren sonst willkommene Begleitung bei familiären Angelegenheiten und Festen gewesen. Elvira bog in die Küchenabteilung ab, von dort fehlte ihm nun wirklich nichts.

»Ich wollte mir damals nur einreden, dass ich hetero bin.«

Das stimmte nicht. Er hatte schon damals gewusst, dass er Männer mochte und die Vorstellung genossen, anders zu sein. Dadurch fühlte er sich nicht so normal und langweilig, wie all die anderen. Trotzdem war er fast zwei Jahre mit Astrid zusammen geblieben.

»Vielleicht war sie einfach nicht die richtige Frau für dich!«

»Du klingst wie mein Vater.«

Astrid war weit außerhalb von Michaels Liga gewesen. Sie hatte wunderschön ausgesehen, die halbe Statisterie hatte mit ihr schlafen wollen. Trotzdem, als sie beruflich ins Ausland gegangen war, hatte ihn das weder besonders getroffen noch gefreut. Es war ihm ein willkommener Anlass gewesen, eine Beziehung aufzugeben, die er nur aus Neugier eingegangen war und die er nur aus Bequemlichkeit weitergeführt hatte. Elvira war damals heilfroh gewesen. Sie hatte seine Beziehung zwar nicht mit Unverständnis betrachtet, wohl aber mit Argwohn.

Michael versuchte mit Elviras Tempo Schritt zu halten, die mit dem Einkaufswagen durch die Gänge raste. Gerade begutachtete sie eine sündteure Küchenmaschine. Offenbar hatte sie seinen Teil des Einkaufs für beendet erklärt.

»Wieso suchst du nach Küchengeräten, wenn du ohnehin nicht kochst?«

»Ich finde, sie sehen schön aus.«

Sie nahm die Küchenmaschine und stellte sie in den Einkaufswagen, obwohl es nur ein Ausstellungsstück war.

»Du bist ein wandelndes Klischee.«

Mittlerweile waren sie in der Messerabteilung angekommen.

»Vielleicht sollte ich ein Messer kaufen, wenn ich abends zum Parkplatz gehe, was findest du?«

Sie hatte ein riesiges Schlachtermesser in der Hand. Elvira war vor einigen Wochen mit ihrem Mann an den Rand der Stadt gezogen.

»Ein Pfefferspray würde es auch tun. Der passt auch in deine Handtasche.«

Die Anlage war erst vor Kurzem eröffnet worden und die meisten Wohnungen noch unbewohnt. Man fühlte sich ein wenig wie in einer Geisterstadt, wenn man abends über den Parkplatz ging, nur wenige der Fenster waren jemals beleuchtet.

»Ich hasse deine neue Wohnung.«

»Ich weiß. Aber ich brauche das. Der feuchte Traum eines Stadtplaners. Ich bin anders als du, ich hasse Geschichte.«

Elviras alte Katze war das Lebendigste in einer Umgebung, die aussah, als hätte man einen leeren Bauplan in die Landschaft gestellt. Als sie ihm den Plan der Anlage gezeigt hatte, waren ihm vor allem die kleinen animierten Menschenfiguren ohne Gesichter aufgefallen. Elvira hatte damals gegrinst und gemeint, gesichtslos sei wohl als Kompliment zu verstehen.

»Du solltest es vielleicht noch mal versuchen. Eine Frau finden und von hier wegziehen. Du hättest nie hierbleiben dürfen, hier gibt es nichts für dich zu tun. Wenn du den Film gemacht hättest, könntest du längst in Hollywood sein. Oder zumindest in den Filmstudios am Rosenhügel.«

Michael bugsierte den Einkaufswagen langsam Richtung Ausgang.

»Wer wohnt denn hier noch außer uns? Die einen sind längst in die Großstadt gezogen, und auch wer nichts mehr zu erwarten hat, will den Rest seines Lebens nicht in dieser Einöde verbringen. Hier sammelt sich doch nur, was nicht rechtzeitig wegkommt. Das habe ich dir immer schon gesagt.«

»Ich dachte, du fühlst dich wohl hier?«

»Für mich ist das genau richtig, um meinen Zynismus zu füttern.«

Elvira sah ganz seltsam aus, hinter dem Einkaufswagen. Er kannte sie schon lange, aber er war in der ganzen Zeit noch nie mit ihr einkaufen gewesen. Normalerweise erledigte das ihr Mann.

»Aber zu dir passt das einfach nicht. Du hängst ohnehin nur in der Vergangenheit fest.«

Sie reihten sich in die Schlangen vor den Kassen ein, über denen überdimensionale Plakate die Sonderangebote anpriesen.

»Man wartet hier dauernd auf etwas. Darauf, dass etwas aufbricht. Das muss doch irgendwann passieren, nicht? Aber natürlich kommt da nichts.«

Sie räumte den Inhalt des Einkaufswagens auf das Förderband, ohne hinzusehen. Michael stand nur daneben und warf noch ein paar Süßigkeiten dazu.

»Es passiert eben wirklich rein gar nichts, weder in deinem noch in einem anderen Leben. Und wo sich nichts ändert, gibt es irgendwann nur noch Verfall.«

»Vielleicht hat er mich doch geliebt?«

»Das hat er sicher. Aber fang jetzt bitte nicht an, dich deswegen zu ändern.«

*

Als Hanna diesen Morgen erwachte, hatte sie das erste Mal seit Langem das Gefühl, sich Zeit lassen zu können. Normalerweise stand sie sofort auf, sobald sie wach war, doch heute blieb sie liegen und beobachtete eine Weile die Reflexionen der Sonne auf der Fensterscheibe. Seit dem Begräbnis hatte sie nichts zu tun. Nur die Wohnung ihrer Mutter müsste längst ausgeräumt werden, aber sie hatte sich bisher noch nicht dazu durchringen können. Sie fühlte sich unwohl in den unbewohnten Räumen. Erst nach einiger Zeit stand sie langsam auf, ging in die Küche und goss sich Kaffee auf. Ihre Kinder hatten ihr zum letzten Geburtstag eine moderne Kaffeemaschine geschenkt, doch eine Tasse selbst aufgesetzter Kaffee war ihr immer noch lieber. Die neue Maschine verwendete sie nur, wenn ihre Tochter oder die Enkelkinder zu Besuch kamen. Sie wollte zeigen, dass sie damit umgehen konnte.

Die Wohnung war eiskalt, obwohl es draußen schon erstaunlich warm war. Hanna setzte sich auf die Eckbank in der Küche und schlug die Zeitung auf. Die Ausgabe war zwar von gestern, aber das machte keinen großen Unterschied. Langsam trank sie ihren Kaffee, ließ die Buttersemmel aber unangerührt liegen. Ihr Arzt hatte zwar gemeint, sie solle morgens eine Kleinigkeit essen, aber sie konnte sich einfach nicht dazu zwingen. Ihr Bauch schmerzte, doch das ignorierte sie einfach. Sie räumte den Teller mit der Semmel und die leere Tasse weg und strich danach den Überzug der Eckbank glatt. Ihr Schwiegersohn hatte die Bank vor einigen Wochen neu bezogen und sie wollte den teuren Stoff möglichst lange schonen, deshalb hatte sie eine hässliche alte Decke über das kleine Eck der Bank gelegt, auf dem sie immer saß. Sie wollte keine neue mehr kaufen. Dann nahm sie den Schlüsselbund und ging auf den Gang vor ihrer Wohnung. Sie wickelte ihren Schlafrock eng um sich, zog mühsam die Tür hinter sich zu und hielt sich am Geländer fest. Die paar Stufen zur Toilette ging sie jeden Tag mehrmals. Seit sie nachts öfters auf die Toilette musste, hatte sie einen Nachttopf neben ihrem Bett stehen. Es war ihr noch immer peinlich, die mit Wasser und Urin gefüllte Schüssel am Morgen neben ihrem Bett zu finden. Aber da sie im Haus niemanden mehr kannte, hatte sie ein wenig Angst im Dunkeln, auch wenn sie das vor ihrer Tochter niemals zugeben würde. Die alten Nachbarn waren längst gestorben oder weggezogen und die neuen Parteien hatten nie auch nur hallo gesagt, sie wusste nicht einmal, ob sie Deutsch sprachen.

»Mutti?«

Hanna wusste, dass sie keine Antwort bekommen würde, als sie in der Wohnung stand, und kam sich selbst ein wenig verschroben vor. Sie vermisste ihre Mutter, sie hatte die letzten Jahre jeden Tag mit ihr verbracht und konnte sich noch nicht vorstellen, auch nur einen Tag ohne sie zu verbringen. Hanna war nach der Scheidung hierher zurückgezogen, zusammen mit ihren Kindern. In eine Wohnung, die mit zwei Räumen damals schon zu klein gewesen war, aber immerhin lag sie direkt neben der Wohnung ihrer Mutter und alleine hätte sie das nicht geschafft. Ihre Mutter hatte ihr gleich

Arbeit in der Fabrik vermittelt und auf die Kinder aufgepasst, während Hanna langsam begonnen hatte, wieder auf eigenen Beinen zu stehen. Das war die Zeit gewesen, als sie gedacht hatte, ein Neuanfang stünde vor ihr, eine rosige Zeit oder zumindest eine angenehme Zukunft ohne Angst, für die sie arbeiten und kämpfen würde.

Sie hatte ihren Mann verlassen, auch wenn ihr alle davon abgeraten hatten, auch ihre Mutter, die nicht gesehen hatte oder nicht hatte sehen wollen, dass Hanna das tun musste, trotz der Kinder. Wegen der Kinder. Sie hatte ihn verlassen und war ausgezogen. Aber das musste ja nicht heißen, dass alles zu Ende war. Sie hatte getan, was ihre Mutter ihr immer empfohlen hatte: Die Ärmel aufkrempeln und arbeiten. Sicher, zu dieser Zeit hatte sie noch geträumt. Es war die hoffnungsfroheste Zeit ihres Lebens gewesen. Und doch, als sie jetzt in der leeren Wohnung stand, kam keine Melancholie auf, keine süße Erinnerung. Sie wünschte sich nichts davon zurück. Sie nahm den Besen und begann umständlich, die Wohnung zu kehren. Es war höchste Zeit, mit der Arbeit zu beginnen. Sie wollte nicht zurückblicken, denn das hatte sie nie. Nicht damals nach der Scheidung, als sie ihren Mann von einem Tag auf den anderen aus ihrem Leben gestrichen hatte, nicht nach allem, was mit Robert passiert war, nicht nach der Diagnose ihrer Mutter, als schnell klar geworden war, dass Hanna sie würde pflegen müssen. Niemals hatte sie sich Sentimentalitäten erlaubt, dafür hatte sie auch keine Zeit gehabt.

Sie glaubte nicht, dass ihre Mutter friedlich eingeschlafen war. Nichts an den letzten Jahren war friedlich gewesen, warum sollte ihr Tod eine Ausnahme gewesen sein. Andererseits hatte sie ihre Mutter nicht schreien hören, und durch die dünne Trennwand hatte sie die Schreie sonst immer wahrgenommen. Also, was wusste man schon.

Als sie die Wohnung jetzt so vor sich sah, den abgebröckelten Putz an den Wänden, den Ofen in der Ecke und die verbleibenden Holzscheite daneben, die zugigen alten Fenster, die immer dafür sorgten, dass es im Winter nie richtig warm wurde, den Wasserhahn, der nur kaltes Wasser lieferte, wenn sie all das genau betrachtete, dann sah sie, dass die Wohnung gemeinsam mit ihrer Mutter hoffnungslos gealtert war. Ilse musste ihr das nicht immer aufs Neue klarzumachen versuchen. Sie hatte trotzdem gerne hier gewohnt, auch wenn das niemand verstand. Aber Lust darauf sich einzureden, sie hätte sich hier wohlgefühlt, sie hätte sogar freiwillig so gelebt, hätte sie eine Wahl gehabt, hatte sie nicht. Sie hatte gerne hier gewohnt, weil sie ihrer Mutter nahe gewesen war. Doch ihre Mutter war weg, endgültig aus ihrem Leben verschwunden. Sie konnte mit dem Gedanken an eine unsterbliche Seele nichts anfangen. Das waren Illusionen für Menschen, die mit der Wahrheit nicht zurechtkamen.

Sie kehrte den Staub und Schmutz zu einem großen Haufen zusammen und lehnte sich an das breite Fensterbrett, auf dem immer unzählige Pflanzen und Blumen gestanden waren. Sie öffnete das Fenster, um den Staubnebel, den sie aufgewirbelt hatte, aus der Wohnung zu lassen. Gegenüber sah sie die alten Zinshäuser. Hanna erkannte die Stelle, an der früher ihr Schuppen gestanden war, in denen sie das Holz für den Ofen aufbewahrt hatten, die kleinen Schrebergärten gleich gegenüber. Ihre Mutter und sie hatten eine Holzhütte gekauft. An den Sonntagen, damals, als Ilse mit den Kindern noch zu Besuch gekommen war, hatten sie auf Gartensesseln rund um die kleinen Blumenrabatte sitzen und ihre Enkel und Urenkel beobachten können, die in den Büschen spielten. Das war jetzt alles fort, die Gemeinde baute dort die neue Wohnanlage, in die sie einziehen sollte.

Sie vermisste all das hier nicht. Aber sie vermisste die Personen, sie vermisste ganz sicher das Gefühl, das sie damals gehabt hatte. Aber sich das alles zurückwünschen? Dann müsste sie sich auch die Arbeit in der Fabrik zurückwünschen, in der sie über Jahrzehnte hinweg am Förderband gestanden war, um kistenweise jenes Verbandmaterial zu etikettieren, das sie dann später für die wundgelegenen Stellen ihrer Mutter verwendet hatte. Das Leben konnte seltsame Haken schlagen. Dann müsste sie sich auch den langen Weg zur Arbeit zurückwünschen, das Schleppen der schweren Kisten, den andauernden Kampf um jede kleine Verbesserung des Arbeitsplatzes. Dann müsste sie sich eine Zeit zurückwünschen, in der sie gehofft hatte, all das bald hinter sich lassen zu können. Seltsame Haken, ganz sicher. Sie war damals vielleicht glücklicher gewesen als jetzt, aber mittlerweile konnte sie sich gar nicht mehr vorstellen, wie sie das damals geschafft hatte. Hanna holte einen Kübel aus der Küche und schaufelte den Dreckhaufen hinein. Ihr Rücken schmerzte. Sie hätte gern mehr Dinge ihrer Mutter aufgehoben, altes Geschirr etwa oder Kleidung, aber wo sollte sie das aufbewahren? Als sie den Müll entsorgt hatte, ging sie in ihre Wohnung zurück, setzte sich erschöpft auf die Eckbank, öffnete die Schublade im Kasten daneben, suchte im kleinen blauen Adressbuch die Telefonnummer ihrer Tochter und wählte erneut, wie zuletzt vor einigen Wochen.

»Ilse? Steht das Angebot noch?«

*

»Frau Swoboda?«

»Ich wusste doch, dass die meinen Namen weitergeben.«

»Erkennen Sie mich gar nicht?«

»Nein.«

Michael stellte den Zuckerstreuer zurück und rührte seinen Kaffee um. Er nahm einen Schluck und verbrannte sich die Zunge. Hanna machte ein paar Schritte auf ihn zu.

»Kennen wir uns?«

»Michael Landmann, sie können sich wirklich nicht mehr erinnern?«

Hanna studierte sein Gesicht, als suche sie nach einem Hinweis darauf, wer er war. Scheinbar fand sie nichts und so sah sie Michael fast feindselig an.

»Sie haben die Roten Falken hier im Ort geleitet, als ich ein Kind war. Und die hatten den schönsten Spielplatz weit und breit.«

»Ja, die Kinderfreunde. Nicht die Roten Falken.«

»Meine Mutter wollte mit mir immer auf den öffentlichen Spielplatz gehen, aber ich fand Ihren viel schöner. Am öffentlichen Spielplatz waren immer so viele Kinder, ich war das gar nicht gewohnt.«

Hannas Gesicht entspannte sich etwas, als lösten seine Worte doch Erinnerungen in ihr aus.

»Aber Ihr Spielplatz war immer zugesperrt und wir waren auch gar nicht bei den Roten Falken oder den Kinderfreunden oder wo auch immer. Ich habe meine Mutter dann so lange genervt, bis sie nachgefragt hat, wer den Spielplatz überhaupt betreibt, und Ihre Adresse herausgefunden hat.

Wir wussten nicht einmal, warum der Spielplatz nie offen war. Dann sind wir zu Ihnen nach Hause gegangen und haben an Ihrer Tür geläutet, Sie kannten uns ja gar nicht. Aber irgendwie konnten wir Sie überzeugen.«

Jetzt strahlte Hanna wie ein kleines Kind und schien erleichtert, im Gesicht Michaels endlich den Jungen von vor dreißig Jahren wiederzuerkennen.

»Und dann haben Sie jedes Mal den Schlüssel genommen und uns den Spielplatz aufgesperrt.«

»Du bist der Landmann-Bub.«

Seit Jahren hatte Michael niemand mehr so genannt, und irgendwie traf dieser Landmann-Bub einen Punkt in ihm. Wie Rumpelstilzchen, dessen Name erraten worden war. Als flößen all die Jahre, die zwischen diesem Landmann-Bub und dem Menschen lagen, der jetzt an dieser Bar stand, durch einen Namen, ein Wort dahin. All die anderen Menschen um ihn herum, die so völlig fehl am Platz wirkten, all das falsche Dekor und sogar die Topfpflanzen aus Plastik, all das war plötzlich nichts als Fassade. Bis jetzt hatten ihn diese Scheußlichkeiten von allem abgelenkt, worauf er sich hier eigentlich konzentrieren sollte, aber dieser Landmann-Bub erreichte ihn.

»Ja, der Landmann-Bub. Der am Sonntag allein auf Ihrer Schiffschaukel saß, die es am anderen Spielplatz nicht gab.«

»Na, es war ja nicht meine Schaukel, aber ich erinnere mich. Du hast ganz allein für dich gespielt, während deine Mutter und ich Kaffee aus der Thermoskanne getrunken haben. Im Abstellraum haben wir noch alte Sessel gefunden und die haben wir immer neben die Sandkiste gestellt und geredet.«

Hanna wirkte etwas verloren auf ihn, immer wieder flogen ihre Blicke durch den Raum, als suche sie nach etwas oder jemanden.

»Wie lange haben wir denn noch, bis es losgeht?«

Michael schaute auf die große Uhr, die neben seinem Wasserglas stand: »Noch ein paar Minuten.«

»Die wollten mir das Geld zurückgeben. Und jetzt ist natürlich wieder keiner zu sehen.«

Er hatte sie sofort erkannt, auch wenn seitdem so viele Jahre vergangen waren. Als er sie am Tisch beim Eingang hatte stehen sehen. Zuerst war er sich nicht sicher gewesen, aber dann hatte sie ihr altmodisches Kostüm glatt gestrichen, ihre große Handtasche auf den kleinen Kaffeehaustisch neben sich gestellt und wütend suchende Blicke im Kaffeehaus verteilt, während sie die Hände vor der Brust verschränkte. Und da hatte er sie erkannt, trotz der grau gewordenen Haare, trotz der Brille und der vielen Falten. Frau Swoboda. Frau Swoboda vom Spielplatz.

»Machen Sie das eigentlich noch?«

Abrupt drehte sie sich zu ihm und sah ihm ganz ruhig in die Augen.

»Ach, die Kinderfreunde gibt es hier ja schon seit Jahren nicht mehr.«

Sie lächelte.

»Ich habe das noch lange weitergemacht, auch in der Pension. Aber irgendwann konnte ich einfach nicht mehr und es hat sich dann niemand gefunden, der meine Gruppe übernommen hätte. Das ist ja auch Arbeit, nicht? Die Kinder wurden weniger und die Ausländerkinder haben niemanden interessiert. Obwohl die unsere Hilfe sicher notwendig gehabt hätten. Ich habe die Gruppe selber von meiner Mutter übernehmen müssen. Schon damals hätte man sie sonst aufgelöst.«

Im Sprechen legte Hanna ihre Nervosität ab und schien immer ruhiger zu werden.

»Ich habe es ja immer ein bisschen seltsam gefunden, dass du nur alleine spielen wolltest.«

»Wir haben vorher am Hof meiner Großeltern gewohnt und sind erst hierher gezogen, als sie gestorben waren. Ich war die vielen Kinder am Spielplatz gar nicht gewohnt.«

Michael rührte mit dem Löffel in seiner leeren Kaffeetasse herum.

»Was wohl aus dem Spielplatz geworden ist?«

»Ich war schon seit Jahren nicht mehr dort, obwohl ich eigentlich immer noch um die Ecke wohne. Ihr seid ja auch irgendwann nicht mehr gekommen.«

»Meine Mutter ist dann weggegangen und mein Vater wollte nie mit mir auf den Spielplatz gehen.«

»Ich kann mich erinnern, ja. Weißt du, wie es ihr jetzt geht?«

»Ich habe keine Ahnung. Um ehrlich zu sein, wissen Sie vielleicht mehr über sie, als ich. Sie war von einem Tag auf den anderen weg und ist später nur zurückgekommen, um sich von meinem Vater scheiden zu lassen. Sie hat vielleicht wieder geheiratet, mehr weiß ich auch nicht.«

Es hatte Jahre gedauert, bis er Elvira diese Geschichte erzählen konnte, aber bei Frau Swoboda vom Spielplatz, bei der Frau, die jeden Sonntag Kaffee mit seiner Mutter getrunken, die nur für ihn den Spielplatz aufgesperrt hatte, dachte er nicht einmal darüber nach. Es kam ihm nur natürlich vor.

»Ich glaube nicht, dass wir hier über so etwas sprechen sollten.«

Michael sah sich um. Sie standen inmitten von jungen Männern, die Frauen saßen längst an ihren Tischen, einer war frei geblieben.

»Zumindest kann niemand behaupten, ich wäre wegen einer zu dominanten Mutter schwul geworden.«

»Schwul?«

Hanna wurde rot und schaute aus dem Fenster.

»Das tut mir leid.«

Michael reagierte nicht einmal darauf, er wollte sich jetzt nicht damit auseinandersetzen.

»Aber was machst du dann hier?«

Michael hatte selbst keine Ahnung, er schüttelte nur verlegen den Kopf. Hanna griff nach seiner Hand.

»Ich bin hier genauso fehl am Platz wie du. Ich glaube, es ist egal, worüber wir reden. Aber du hast mich auch noch nicht gefragt, was ich hier mache. Das finde ich sehr angenehm.«

Plötzlich schrillte die Glocke. Alle Männer setzten sich gleichzeitig in Bewegung und gingen zu den Tischen. Michael streckte Hanna die Hand entgegen. Sie nahm ihre Handtasche und lächelte.

»Wie heißt das hier noch mal?«

»Speed-Dating.«

»Meine Tochter wollte mich ja eigentlich für die Pensionistengruppe anmelden, aber da ist wohl etwas schief gelaufen. Haben Sie Lust, länger als nur fünf Minuten zu plaudern?«

*

»Ich war dir als Schwulenmutti wohl zu jung. Es musste eine Oma werden.«

Hanna hielt das Tablett fest in beiden Händen und versuchte angestrengt zum Tisch zu kommen, doch die Worte Elviras hörte sie ganz genau. Sie fragte sich, was das wohl bedeutete.

»Du hast doch gesagt, ich soll es mal wieder mit Frauen versuchen.«

»Ich dachte ja nicht, dass ich dadurch Harold und Maude zusammenbringe! Schlaft ihr miteinander?«

»Natürlich nicht.«

»Eine alte Oma und ein verunsicherter Schwuler. Ich würde mein Geld zurückverlangen.«

Hanna wusste nicht, warum Elvira so gereizt war. Sie hatte sich schon die ganze Zeit seltsam verhalten, seitdem sie hier angekommen waren. Michael hatte ihr nicht gesagt, dass er noch jemanden mitbringen würde. Vielleicht hatte er auch Elvira nichts von ihr erzählt.

»Deine Großmutter braucht übrigens Hilfe.«

Elvira deutete mit einer kleinen Kopfbewegung zu ihr. Es war ihr unangenehm, diese Bezeichnung passte ihr nicht. Michael drehte sich um und sprang sofort auf, nahm ihr das Tablett aus der Hand und stellte es auf das kleine Tischchen.

»Nenn sie nicht so.«

Mühsam setzte sich Hanna auf die rote Bank, indem sie sich gegen die Rückwand lehnte und langsam nach unten gleiten ließ.

»Das sind wirklich keine Bänke für alte Frauen.«

Hanna stellte ihre Handtasche neben sich und versuchte ein wenig zu Atem zu kommen.

»Sie können ja gar nicht genug bekommen«, sagte Michael, der auf ihr vollgeräumtes Tablett starrte.

»Ich weiß. Wenn das erst mein Arzt wüsste.«

»Warum genau noch mal sind wir hier?«, fragte Elvira und schob ihr Tablett zur Seite.

»Hanna hat in ihrem ganzen Leben noch nie einen Burger gegessen. Ich dachte, das muss man nachholen«, antwortete Michael.

Hanna hatte das ungute Gefühl, sich rechtfertigen zu müssen. Sie wusste nur nicht genau, wofür.

»Ich habe das bisher ja nur aus der Werbung gekannt und immer gedacht, das Essen wäre furchtbar ekelhaft. Und jetzt muss ich auf meine alten Tage feststellen, dass ich die ganze Zeit etwas verpasst habe!«

»Und es gibt dir nicht zu denken, dass sie in ihrem Alter mehr Lust auf Neues hat als du?«, fragte Elvira Michael kopfschüttelnd, doch der antwortete nicht.

Behutsam öffnete Hanna die Pappschachtel, packte den Burger und biss ein winziges Stückchen ab. Die Bedienung an der Kassa hatte sie mitleidig betrachtet und ihr dann einige Dinge auf das Tablett geordnet, deren Namen Hanna nichts sagten. Aber es schmeckte ihr, sie meinte es ernst.

»Wenn das nur nicht so schwierig zu essen wäre.«

»Passen sie auf, dass ihre Zähne nicht drin stecken bleiben.«

Elvira warf ihr einen verächtlichen Blick zu.

»Die halten schon, keine Angst. Die sind festgeklebt. Ich würde Sie nicht blamieren wollen.«

Hanna versuchte mit wenig Erfolg, den Becher mit der Sauce zu öffnen. Michael half ihr und quetschte auch etwas Ketchup auf den Papierunterleger. Ihr gefielen die Farben, sie mochte sogar den Lärm hier, den sie gar nicht mehr gewohnt war.

»Sehen Sie sich nur um, das ist doch wunderbar. Hier sieht es aus wie in den Filmen, die ich als junges Mädchen so gern gesehen habe. Nur in Farbe!«

Hanna fühlte ihr Gesicht rot werden, ihre Begeisterung war ihr selbst ein wenig peinlich. Sie zeigte zur Kassa.

»Die Uniformen, die großen Glasfenster und diese schönen Lederbänke.«

»Die sind aus Plastik«, sagte Elvira, während sie in ihrer Tasche kramte.

»Vermutlich.«

»Gibt es vielleicht noch etwas, was Sie noch nie gemacht haben und unbedingt nachholen wollen? Sex zum Beispiel?«

Michael warf Elvira einen bösen Blick zu. War sie eifersüchtig? Auf eine alte Frau wie sie?

»Ich frage ja nur.«

»Keine Angst. Das ist doch eine verständliche Frage«, meinte Hanna, obwohl sie die Frage alles andere als verständlich fand.

»Machen Sie sich darüber mal keine Sorgen. Es ist zwar tatsächlich lange her, aber ich würde Ihnen diesen jungen Mann sicher nicht wegschnappen. Dafür bin ich auch zu alt. Sie haben es ja selbst gesagt, ich muss aufpassen, dass meine Zähne nicht steckenbleiben.«

Hanna ließ sich nicht aus der Ruhe bringen. Sie hatte entschieden, ihren Ausflug hierher zu genießen, und jetzt konnte sie nichts mehr von diesem Entschluss abbringen. Sie klappte den Pappkarton des Burgers zu, nahm einen Schluck aus dem Becher und wischte sich die Finger mit einem Stofftuch ab, das sie aus ihrer Handtasche holte. Dann drehte sie sich angriffslustig zu Elvira und fragte: »Sagen Sie, was machen Sie eigentlich beruflich?«

Elvira legte ihr Handy neben das Tablett und starrte aus dem Fenster.

»Wir sind gerade umgezogen, mein Mann arbeitet. Ich bin im Moment zu Hause.«

»Im Moment ist gut!«, sagte Michael.

»Du weißt genau, ich habe gesucht«, sagte Elvira, ohne ihn anzusehen.

»Das ist ja nicht schlimm. Wenn Ihnen das reicht.«

Hanna tätschelte Elviras Arm, aber das schien Elvira noch aggressiver zu machen. Ihre Lippen wurden immer schmaler.

»Ich bin zufrieden.«

»Das ist das Wichtigste. Ich habe immer gearbeitet. Es wäre mir einfach peinlich gewesen, nicht mein eigenes Geld zu verdienen. Aber das muss jeder selbst wissen.«

»Dann würden Sie heutzutage wohl sterben vor lauter Scham.«

»Ich kann mir nur einfach nicht vorstellen, dass Sie das glücklich macht.«

Hanna hatte nicht vorgehabt, Elvira zu verurteilen.

»Wissen Sie, Michael hat jahrelang versucht mir zu beweisen, dass ich eigentlich etwas ganz anderes will. Wie hast du immer gesagt? Dass ich etwas erreichen kann, wenn ich mir nur ein wenig Mühe gebe. Dass ich mich selbst belüge.«

Michael schien etwas sagen zu wollen, doch Elvira brachte ihn mit einem Blick zum Schweigen, was Hanna erstaunte.

»Und das war schwer genug, bei seinem eigenen Mangel an Ehrgeiz. Aber mittlerweile weiß er, dass ich glücklich bin, nicht?«

Elvira schien nun tatsächlich eine Antwort zu erwarten. Hanna stieß ihn mit ihrem Ellbogen an. Sie war nicht hergekommen, um mit dieser jungen Frau zu streiten.

»Gibt es hier auch etwas Süßes?«, fragte sie ihn.

Michael stand auf und deutete ihr, er würde etwas für sie besorgen. Er nahm seine Geldtasche und lief zum Schalter, dabei hatten sie es doch gar nicht eilig. Wahrscheinlich wollte er sie nicht zu lange alleine mit Elvira lassen, aber sie kam schon zurecht.

»Haben Sie Kinder?«, fragte Hanna.

»Nein. Sie?«

»Ja, aber nicht hier im Ort. Meine Tochter Ilse …«

Elvira unterbrach sie abrupt.

»Also leben Sie ganz alleine?«

»Ja. Mittlerweile ja.«

»Sie sollten sich eine Katze besorgen. Gegen die Einsamkeit.«

»Ach, sobald man sich eine Katze zulegt, ist das Leben doch vorbei, nicht?«

Hanna lächelte, aber Elvira verzog keine Miene. Michael kam zum Tisch zurück, stellte ein weiteres Tablett ab und ließ sich dann auf die Bank fallen. Hanna nahm ihre Tasche und wollte ihm Geld geben, aber Michael hielt sie davon ab. Es war ihr unangenehm, von ihm eingeladen zu werden.

»Was sagen Sie denn zu Michael. Ein schwuler Schauspieler. Das Klischee ist voll erfüllt. Und außerdem ein eitler Beruf, nicht?«

Elvira hatte offenbar noch nicht aufgegeben.

»Ach ich weiß nicht. Man kann Menschen beobachten, das ist doch wunderbar.«

»Ja, aber er beobachtet hauptsächlich sich selbst. Und spielt nicht nur auf der Bühne. Vielleicht spielt er dort sogar am schlechtesten.«

Hanna drehte sich Michael zu, der entschuldigend mit den Schultern zuckte.

»Normalerweise bleibt das unter uns. In Gesellschaft ist Elvira sonst nur böse zu allen anderen. Um mich zu unterhalten. Vielleicht will sie jetzt für Ihre Unterhaltung sorgen?«

Hanna versuchte im Gesicht Michaels zu lesen, was in ihm vorging, doch dafür kannte sie ihn zu schlecht. Sie sagte nur: »Ich habe gar nicht das Gefühl, dass du mit mir spielst.«

Elvira ließ ihm keine Zeit zu antworten: »Vielleicht sind Sie ihm nicht wichtig genug. Oder er will nichts von Ihnen.«

»Verstehen Sie mich nicht falsch, aber Sie sind nicht sehr unterstützend. Und man sucht doch Menschen, die einen unterstützen, oder etwa nicht?«

Wieder antwortete Elvira für Michael.

»Wir haben noch nie Menschen gesucht, um uns Halt zu geben. Menschen sollten Abwechslung bieten und Aufregung. Alles andere ist ohnehin langweilig genug.«

Michael drehte sich zu Hanna, als wolle er ihr etwas erklären: »Wir haben uns überhaupt nur kennengelernt, weil sie mich in der Luft zerrissen hat.«

Hanna sah ihn nur fragend an.

»Elvira hat mal — ganz kurz — als Kritikerin für ein kleines Blatt gearbeitet.«

»Als Zeitungen noch Geld für so etwas ausgegeben haben«, warf Elvira ein. »Aber lass doch diese alten Geschichten.«

Michael schien dieses Mal nicht auf sie zu hören, er erzählte einfach weiter.

»Sie hat eine Aufführung von mir besucht, einen meiner ersten Auftritte auf der winzigen Bühne des Stadttheaters, das damals noch bespielt wurde. Und sie hat einen Verriss geschrieben, wie ich ihn noch nie gesehen hatte. Sie hat eigentlich alles furchtbar gefunden. Das Stück, das Bühnenbild, die Regie, die Schauspieler, alles. Auch mich. Ich war damals ja noch ziemlich unerfahren und ihr Verriss hat mich persönlich getroffen und verletzt. Also habe ich mich entschieden, auch wenn mir alle davon abgeraten haben, mit ihr zu sprechen. Ein Anruf in der Redaktion hat dann auch genügt, um ein Treffen zu arrangieren.«

Hannas Bauch schmerzte, doch sie versuchte sich nichts anmerken zu lassen.

»Eigentlich wollte ich sie zur Rede stellen. Ich hatte ein schlechtes Gewissen erwartet, eine Entschuldigung zumindest. Doch dann ist alles ganz anders gekommen. Sie hat mich kaum zu Wort kommen lassen, mir stattdessen ganz ruhig erklärt, dass ihr natürlich nichts daran gelegen war, irgendjemanden zu verletzen.«

»Ich habe die Aufführung unerträglich gefunden. Auch dich. Dich vielleicht am unerträglichsten.«

Elvira und Michael sahen sich an und Hanna erkannte in ihren Blicken eine seltsame Art von Vertrautheit und Zärtlichkeit, die sie nicht verstand. Doch Michael wurde rot und sah zu Boden, erst dann wandte er sich wieder Hanna zu.

»Ihre Worte waren zumindest ehrlich«, sagte er. »Und das sollte ich doch zu schätzen wissen. Sie hat alles einfach ehrlich gemeint und dann auch geschrieben. Sie hat natürlich nicht an mich gedacht, warum denn auch? Das hat mir damals imponiert, diese einfache Aussage. Seitdem sind wir beste Freunde. So einfach ist das.«

Für einen Moment sagte keiner von ihnen etwas, erst dann versuchte Hanna aufzustehen.

»Können Sie mich wieder nach Hause bringen?«

Michael schreckte aus Gedanken hoch: »Geht es Ihnen nicht gut?«

Hanna sagte nichts. Sie zog sich an und gemeinsam gingen sie nach draußen. Schon auf der Rückbank von Elviras Auto sitzend hörte sie die beiden durch die offene Fahrertür noch reden. Michael flüsterte zwar, aber Hannas Gehör hatte ihr noch nie Probleme bereitet.

»Ich wollte nur schauen, ob sie echt ist. Sie ein bisschen provozieren. Spielen. Das verstehst du doch?«

»Aber warum?«

Hanna schaute zu Boden und tat so, als würde sie nichts hören. Elvira gab sich gar keine Mühe, besonders leise zu sprechen.

»Ich sage dir ja schon immer, du sollst neue Leute kennenlernen. Aber du hast noch nie auf mich gehört.«

»Sie ist ja auch nicht neu. Ich kenne sie, seit ich ein kleiner Junge war.«

»Mit Mama am Spielplatz, ja, ja. Genau das meine ich doch. Du lernst jemanden kennen, und es ist wieder mit der Vergangenheit verbunden.«

Michael schwieg einen Moment.

»Und? Ist sie echt?«

»Unfassbar echt. Die Kartonage hat Haare auf den Zähnen.«

Hanna verstand sofort. Alte Schachtel. Es machte ihr nichts aus, besser als Großmutter.

»Und ich meine das höchst hochachtungsvoll.«

Hanna hörte Michael lachen.

»Also dürfen wir uns weiter treffen?«

»Wenn du die größte Schwulenphantasie aller Zeiten wahr machen und eines der Golden Girls daten willst, bitte. Aber das ist dein Ding, nicht meines.«

Hanna klopfte von innen gegen das Fenster, sie wollte jetzt nur mehr nach Hause.

*

Michaels Leben war offenbar schwer auf neue Schienen zu stellen. Zumindest änderte sich von hier an nicht viel für ihn. Er verbrachte die meiste Zeit zu Hause, ohne eine Betätigung zu suchen, an eine Arbeit oder einen Job wollte er erst gar nicht denken. Einmal im Monat kam eine Putzfrau, die er über das Internet gefunden hatte, und machte seine Zimmer sauber. Er hasste es, sich gehen zu lassen, und zumindest in seiner Umgebung wollte er keine Spuren davon bemerken. Das riss zwar ein ziemliches Loch in seine Geldbörse, aber er musste Prioritäten setzen. Michael zwang sich, alle paar Tage bei Elvira anzurufen und zumindest hin und wieder den Fortschritt der Inneneinrichtung ihrer Wohnung zu begutachten, wobei er ihren Mann nie zu Gesicht bekam. Draußen wurde es langsam wärmer, was so gar nicht zu seinem Gemütszustand passen wollte. Der Verlust von Ernst war eine Niederlage gewesen, hatte aber nicht korrigiert oder herausgeschnitten, was in ihm offenbar falsch entwickelt war. Es war wie ein akuter Schmerz, der chronisches Leiden nur kurz überdeckte. Er hatte zu Elvira gesagt, dass er nicht litt, zumindest nicht an Kleinigkeiten, nicht an Dingen, die in seinem Leben passierten oder nicht passierten, und, als er das gesagt hatte, gedacht, eine glaubhafte Lüge zu erfinden. Aber jetzt musste er feststellen, dass die Lüge von Anfang an wahr gewesen oder aber im Laufe der Zeit schlicht wahr geworden war, was keinen Unterschied machte. So oder so genoss er seinen Zustand, der dazu führte, dass ihm jegliche sich bietende Möglichkeit gleichwertig erschien, da ihm alle Chancen gleichgültig waren. Das machte sein Leben um einiges einfacher.

Sogar bei seinen Treffen mit Elvira hatte er mehr und mehr das Gefühl, wieder für Abwechslung und Unterhaltung sorgen zu müssen. Er solle nach vorne blicken und nicht zurück, wurde sie nicht müde ihm zu sagen. Es wäre zu einfach gewesen, das Ganze als oberflächliches Spiel abzutun, denn wenn er nach außen hin wieder unbeschwerter wirkte, so war das genauso eine Rolle, wie wenn er zu Hause weiterhin den Zustand der Leere und Trauer aufrechterhielt. Es war längst ein Schwebezustand geworden, eine neblige Unsicherheit. Nur hinter verschlossenen Türen kostete er seinen Schmerz aus, indem er ganz bewusst die verblassenden Erinnerungen an Ernst wachrief. Er wollte nicht, dass der Schmerz verschwand, war dieser doch längst zu einem gewohnten Gefühl geworden, das eine Sicherheit bot, die Michael nicht auch noch verlieren wollte. Nur was folgte daraus? Er war ja nicht einerseits er selbst und andererseits ein Charakter, den er für andere spielte. Da gab es keinen Kern, den er nach außen hin maskierte. Er lebte jede Rolle mit derselben Überzeugung und demselben Gefühl. Ihm standen unzählige Werkzeuge zur Verfügung, die er nach Belieben einsetzen konnte. Eigentlich die Voraussetzung für den perfekten Schauspieler, wie er fand.

Zwischen ihm und Hanna hatte sich wie von selbst ein Band gesponnen, auch wenn er sich manchmal fragte, was sie wohl in ihm sah, warum sie offenbar gerne Zeit mit ihm verbrachte. Er begleitete sie zum Arzt und sie erkundeten gemeinsam die Restaurants vor Ort, wobei ihn Hannas erwachende Begeisterung für exotische Speisen amüsierte. Michael begleitete sie auch regelmäßig auf den Friedhof und half ihr, das Grab ihrer Mutter zu bepflanzen. Er warf alte Blumensträuße auf den Kompost und brachte ihr Gießkannen voll Wasser, die sie kaum mehr vom Wasserhahn bis zum Grab schleppen konnte. Er zupfte mit ihr gemeinsam Unkraut aus der Erde und wusch den neu gravierten Grabstein mit frischem Wasser. Gemeinsam schnitten sie den Efeu an der Mauer hinter dem Grab. Sie betete nie. Als er sie einmal danach fragte, meinte sie nur, eine Rote wie sie würde wohl in Flammen aufgehen. Michael wusste nicht gleich, was das heißen sollte.

Hannas Wohnung sah er nie, und auch er lud sie nie zu sich nach Hause ein. Seltsamerweise hätte er das unpassend gefunden, auch wenn er die Zeit mit ihr genoss. Vielleicht wollte er auch nur nicht in die Verlegenheit kommen, ein schlechter Gastgeber zu sein. Einmal hatten sie einen gemeinsamen Kinobesuch ins Auge gefasst, aber spätestens da zeigte sich, dass ihre Vorlieben doch zu unterschiedlich waren. Und so trafen sie sich am Friedhof, in Kaffeehäusern und Parks, meistens einmal die Woche, und redeten. Sie fragte nie nach Dingen, die er ihr nicht erzählen wollte, da schien sie ein untrügliches Gespür zu haben, das er sehr an ihr schätzte. Im Gegenzug gab sie ihm aber auch nie das Gefühl, nicht alles erzählen zu können, sollte er das Bedürfnis danach haben. Sie sprachen nie über Michaels Mutter, auch wenn er insgeheim gerne nach ihr gefragt hätte. Es hatte ihn viel Kraft gekostet, sich das einzugestehen. Aber er hatte Angst davor. Der Friedhof schien ihm für so ein Gespräch unpassend. Außerdem war er sich selbst noch unsicher, was er wirklich wissen wollte und was er zu erfahren hoffte, und Elvira riet ihm stark davon ab, das Thema anzusprechen. Er solle diese alte Sache endlich sein lassen, er hätte nichts zu gewinnen. Wenn Hanna sich unter Druck gesetzt gefühlt hätte, wäre seine Mutter wohl gänzlich aus ihren Gesprächen verschwunden. Michael wunderte sich aber, dass Hanna das Thema nicht selbst ansprach, immerhin hatte sie viel Zeit mit seiner Mutter verbracht und musste doch einiges zu erzählen haben.

Ganz langsam entwickelte sich zwischen Hanna und ihm eine Verbindung, die er schon bald nicht mehr missen mochte. Ein feines Band, das ihm etwas Sicherheit gab. Hanna und Elvira sahen sich in dieser Zeit nie, er wollte sie zwar immer wieder zusammenbringen, aber beide lehnten jedes Mal ab. Sie verloren kein schlechtes Wort übereinander, aber an einem Treffen waren sie dennoch nicht interessiert. Er konnte sich ohnehin nicht vorstellen, dass Elvira die Friedhofsbesuche genossen hätte. Vor allem, da sie und ihr Mann nun tatsächlich ernsthaft über ein Kind nachzudenken begannen.

Der Besuch beim Speed-Dating blieb nicht Michaels einziger Versuch, wieder öfter Frauen kennenzulernen. Er fand sie im Internet, bei seinen Parkbesuchen mit Hanna und einmal sogar bei einem Besuch auf dem Friedhof. Vielleicht war Hanna als Begleiterin ein positives Zeichen, er wunderte sich in jedem Fall selbst, dass er relativ leicht Frauen kennenlernte, um mit ihnen sich selbst etwas beweisen zu können. Hanna schien es zu freuen, wenn Frauen ihn ansprachen und Michael ließ ihr die Illusion, dass er vielleicht doch normal war, wie sie das einmal ungeschickt ausgedrückt hatte. Er hatte damals eine Entschuldigung von ihr gewollt, die sie ihm auch gegeben hatte, ohne wirklich verständnisvoll zu wirken. Seine Treffen mit Frauen bedeuteten jedoch nicht, dass er nicht auch Sex mit Männern hatte. Dennoch entschied er nach einiger Zeit, sich seine Befriedigung in Zukunft nur bei Männern zu holen, es erschien ihm unsinnig, hier etwas zu erzwingen.

So vergingen die Wochen, tagsüber traf er sich ab und zu mit Elvira oder Hanna und abends legte er sich in sein Bett, warf ein starkes Beruhigungsmittel ein und versuchte, seinen Kopf von allen Fragen zu befreien und jenes Gefühl in sich wachzurufen, das ihm inzwischen zum guten Freund geworden war, indem er Ernsts T-Shirt hervorholte, das er gerettet hatte, und an ihn dachte, ihn manchmal sogar noch zu riechen meinte.

Hanna ging manchmal zum Seniorentreff und erzählte ihm auch hin und wieder von netten Herren, die sie kennenlernte. Sie meinte, so könne sie auch ihre Tochter beruhigen, die Angst hatte, dass sie allein zu Hause verkommen würde.

So wurde es langsam Sommer.

*

Hanna musste immer öfter wieder an die Mayers denken. Als junge Frau hatte sie die vielen langweiligen, grauen und austauschbaren Männer in ihrer Umgebung so bezeichnet. Doch im Gegensatz zu damals, als sie selbst jung gewesen war und die Männer mitleidig betrachten konnte, war sie nun längst eine von ihnen, wie ihr schmerzhaft bewusst wurde. Es tat ihr weh, wie gleichförmig und unaufregend ihr eigenes Leben in all den Jahren geworden war. Wahrscheinlich blickten jetzt andere auf ihr Leben und hatten nur Mitleid für sie übrig. Nach dem Tod ihrer Mutter gab es nichts, was von dieser Tatsache noch ablenken konnte. Selbst die Herren, die sie in den letzten Wochen beim Seniorentreff kennengelernt hatte, waren für Hanna nur Mayers gewesen, auch wenn sie sich mit anderen Namen vorgestellt hatten. Schon jetzt verschwammen die Gesichter in ihrer Erinnerung genauso wie die Gespräche, die sie mit ihnen geführt hatte. Auch ihr Mann war ein Mayer gewesen, selbst wenn ihr sein richtiger Name bis heute geblieben war, sie hatte ihren Mädchennamen nach der Scheidung nicht wieder angenommen, wegen der Kinder.

Jetzt hatte sie genug. Sie wollte nicht weiterhin wie ein junges Mädchen über andere Menschen urteilen, wenn sie selbst zu keinem anderen Leben mehr fähig war. Sie musste endlich etwas unternehmen und hatte dafür auch einen Plan. Dabei war das, was sie sich als das Schwierigste vorgestellt hatte, am einfachsten gewesen. Als Sie bei Ihrer Tochter geläutet hatte, war ihr Schwiegersohn in der Tür gestanden. Er hatte, als sie ihm sagte, weswegen sie hier war, nur gegrinst, als hätte er nun doch noch recht behalten. Auch wenn er Jahrzehnte darauf hatte warten müssen. Als hätte ihm ihr Wunsch nun doch späte Genugtuung verschafft.

»Eine lange Inkubationszeit, aber besser spät als nie«, hatte er gemeint, als er ihr den Schlüssel in die Hand drückte. Er konnte auch privat nicht anders reden als in seinem Beruf.

»Hoffentlich ist es nichts Ernstes, wenn es ausbricht«, hatte sie nur geantwortet.

»Wenn was ausbricht?«

»Nichts.«

Ihr Schwiegersohn war auch ein Mayer, ihre Tochter tat ihr leid.

»Und nicht vergessen: Immer schön lenken«, hatte er ihr noch nachgerufen, aber sie hatte nur genickt und das Gartentor hinter sich zugemacht.

Ihr war sofort ein Name eingefallen, der wieder etwas Farbe in ihr Leben bringen würde: Johannes. Die Erinnerung an ihn war das einzige, das sie aus ihrer Angst vor Monotonie und Langeweile reißen konnte. Er war in jedem Fall kein Mayer gewesen und er war auch zu keinem geworden, da war sie sich ganz sicher. In ihrem Kopf war er all die Jahre viel mehr das Gegenbild zu ihrem Mann geblieben, an den sie beinahe ausschließlich schlechte Erinnerungen hatte. Und auch die wenigen guten, an denen sie sich hätte festhalten können, verblassten immer mehr. Sie erinnerte sich noch an den Tag, als er verletzt von der Arbeit nach Hause gekommen war, die Hand in einen dicken Verband eingewickelt. Sie hatte sich Sorgen gemacht, hatte versucht herauszufinden, was passiert war, doch er hatte nicht mit ihr gesprochen und nur gemeint, es wäre nicht so schlimm. Er hatte keine ihrer Fragen beantwortet. Erst Wochen später hatte sie erfahren, dass es in Wirklichkeit noch viel schlimmer war. Er war nach dem Unfall sogar ins Krankenhaus gebracht worden, wo er aber nicht hatte bleiben wollen. Sie hatte ihm Vorwürfe gemacht, damals war sie gerade hochschwanger gewesen, Vorwürfe mehr aus Angst als aus Wut. Doch er war ganz ruhig geblieben, was sie schon damals überrascht hatte, er hatte sogar gelächelt und schließlich, als sie sich die Tränen wegwischte und still war, ganz leise zu ihr gesagt: »Ich wollte dich einfach nicht beunruhigen.«

Näher an das, was sie sich unter Liebe vorstellte, war er während ihrer ganzen Ehe nie gekommen. Sie wusste bis heute nicht, ob das eine gute oder eine schlechte Erinnerung war. Diese Gedanken gingen Hanna durch den Kopf, als sie zuerst vorsichtig die Handbremse löste und dann langsam auf das Pedal stieg. Innerlich ging sie die Dinge durch, die sie mitnehmen wollte, viele waren es nicht. Ihre Tasche war im Kofferraum verstaut, die Straßenkarten lagen im Handschuhfach. Es fehlte nur noch eines, ein kurzer Stopp.

*

Michael wurde durch das Geräusch einer Hupe geweckt. Er sah auf den Wecker neben seinem Bett und wunderte sich, wer um sechs Uhr morgens so einen Lärm machte. Zuerst blieb er liegen und hoffte, gleich wieder einschlafen zu können, aber das Hupen wollte nicht abreißen. Über ihm brüllte schon jemand aus dem Fenster, aber der Hupende schien sich davon nicht abhalten zu lassen. Also warf er die Decke zu Boden, torkelte zum Fenster, schob den Vorhang zur Seite, öffnete das Fenster und schaute auf die Straße hinunter, um dem Lärm auf den Grund zu gehen. Seine Augen mussten sich erst an das grelle Licht gewöhnen, mittlerweile war es schon früh morgens hell, und so hörte er zuerst die Stimme, bevor er irgendetwas sah.

»Guten Morgen!«

Auf der Straßenseite gegenüber stand Hanna neben einem riesigen Auto. Glänzend rot und so protzig, dass es zwischen all den kleinen Autos sofort auffiel.

»Warum haben Sie denn nicht angerufen?«

»Das Telefon liegt zu Hause, ich kann sowieso nicht damit umgehen.«

»Ich hätte auch eine Klingel.«

»Aber keinen Namen am Klingelschild.«

Sie hatte recht. Er hatte das Schild mit seinem und Ernsts Namen entfernt und nie ein neues angebracht.

»Kommen Sie doch hoch.«

»Komm runter, ich warte hier.«

Entweder hatte sie ihn nicht gehört, nicht richtig verstanden oder es war ihr schlichtweg egal. Auf jeden Fall öffnete sie die Fahrertür und ließ sich angestrengt zurück in den Sitz fallen. Es hatte wohl keinen Sinn, weiter hinunter zu brüllen, also sprang er in seine Jeans, zog sich ein getragenes T-Shirt über, nahm seinen Schlüssel und ging ohne Schuhe nach unten. Er lief über die unbefahrene Straße und klopfte auf die Kühlerhaube. Hanna streckte ihre Beine nach draußen, drehte sich zur Seite und kroch rückwärts aus dem Wagen.

»Ist das nicht sehr laut hier?«

Michael verstand nicht gleich.

»Deine Wohnung«.

Sie zeigte zu seinem Fenster nach oben und sah ihn fragend an.

»Nicht, wenn nicht irgendjemand früh morgens ein Hupkonzert veranstaltet.«

Hanna schien die Anspielung zu ignorieren. Sie hatte die erstaunliche Fähigkeit, solche Sachen ins Leere laufen zu lassen, ohne unhöflich oder unaufmerksam zu erscheinen. Vielleicht verzieh man ihr solche Sachen aber auch nur, weil sie mit ihren weißen Haaren und ihrer Brille wie die Großmutter schlechthin aussah. Das Blümchenmuster ihres Kostüms verstärkte den Eindruck noch.

»Was wollen Sie denn um diese Zeit hier?«

»Ich bin schon seit Stunden wach!«

»Gut für Sie.«

»Pack ein paar Sachen, wir fahren weg.«

Kurz darauf saß er tatsächlich am Beifahrersitz. Dabei war er keineswegs mit der fixen Überzeugung zurück in seine Wohnung gegangen, genau das zu tun, aber als ihm wieder die leere Stelle im Vorzimmer ins Auge gesprungen war, mit der er immer noch nichts anzufangen wusste, die alten Kleider im Wohnzimmer, die überall verstreut lagen, die Möbel, die er besaß seit er achtzehn war, da war sein Entschluss festgestanden. Er würde einfach auf Hanna hören, wie er als Kind auf sie gehört hatte, als sie nur mit dem Spielplatzschlüssel hatte klimpern müssen, um ihm klarzumachen: Es ist Zeit nach Hause zu gehen. Nach einer knappen halben Stunde saß Michael also neben Hanna im Auto, sie drehte den Zündschlüssel und parkte umständlich aus. Er hatte gar nicht nach dem Ziel der Fahrt gefragt, und Hanna hatte nur gemeint, wo es hinginge, würde er schon noch früh genug erfahren.

»Du musst doch sowieso mal raus aus deiner Wohnung.«

Er hatte ein paar Sachen in eine Tasche gestopft, drei Hosen, ein paar T-Shirts, Unterwäsche und seine Zahnbürste, aber ob das zu wenig oder zu viel für ihre Reise war, das wusste er nicht. Im Hinauslaufen hatte er noch sein Beruhigungsmittel in die Tasche geworfen, das er brauchte. Er war verwundert über sich selbst, aber Hanna vertraute er einfach. Und ein klein wenig hoffte er auch, während der Fahrt das Gespräch doch noch auf seine Mutter lenken zu können, sollte er den Mut in sich finden können. Und obwohl ihn die große Delle rechts vorne auf der Motorhaube etwas beunruhigte, dachte er sich: Was konnte die alte Dame schon Schlimmes mit mir vorhaben?

II

Es war Ewigkeiten her, seit Michael das letzte Mal verreist war. Er sank in den Beifahrersitz und beobachtete den Himmel, der wie ein blaues Leintuch über der Landschaft aufgezogen worden war. Hanna erfüllte jedes Klischee, das er von alten Frauen am Steuer hatte. Sie klebte mit ihrem Kopf hinter der Windschutzscheibe, an der ein alter Duftbaum baumelte, krallte sich am Lenkrad fest und wandte den Blick keine Sekunde von der Straße ab. So krochen sie mit fünfzig, vielleicht sechzig Stundenkilometer auf der Straße dahin. Michael hatte nichts dagegen, er musste sowieso nirgendwo hin.

Irgendwann deutete Hanna nach rechts und sagte, ohne den Blick von der Straße zu richten: »Dort wohne ich, noch.«

Michael folgte ihrem Fingerzeig und landete mit seinem Blick bei einem heruntergekommenen Ziegelgebäude, das großflächig von Baustellen umgeben war.

Er hatte das Haus ganz anders in Erinnerung gehabt, größer und stattlicher. Aber er war damals noch ein Kind gewesen. Jetzt fiel es ihm schwer zu glauben, dass dort überhaupt noch jemand lebte. Es sah so aus, als wären die Bauarbeiter einfach noch nicht dazu gekommen, dieses Haus ebenfalls abzureißen. Der Verputz war offenbar schon vor langer Zeit abgebröckelt, die Fensterrahmen schienen aus altem Holz zu sein und vor der Eingangstür lagen unzählige Dachziegel am Boden.

»Die Häuser hier sind früher aus allen Nähten geplatzt, das kann man sich jetzt gar nicht mehr vorstellen. Da wurde noch Schicht gearbeitet.«

Hanna bog rechts ab, sodass sie das öde Gelände umrundeten.

»Es hat ja wirklich ein bisschen gedauert, aber Ilse hat mich so weit, mir die neuen Wohnungen zumindest anzusehen, gleich dort drüben, der Neubau. Hässlich, nicht? Aber die Wohnungen sind wirklich schön, sagt sie, mit Warmwasser, und ich dürfte mir sogar aussuchen, wie die Küche aussehen soll. Ich weiß gar nicht, ob meine Küche bisher irgendwie ausgesehen hat, da standen nur der Herd und ein paar Kästen herum.«

Hanna fuhr eine seltsame Route aus der Stadt hinaus, durch viele kleine Gassen, am Flussgraben entlang, in dem jetzt nur noch wenig Wasser floss. Im Sommer war hier alles trocken. Sie näherten sich dem Zentrum, aber auf Umwegen und in Zick-Zack-Linie.

»Ich weiß ja, dass das eine Bruchbude ist. Aber immerhin ist es meine Bruchbude.«

Das war früher einmal der Weg durch den Ort gewesen, aber seitdem die neue Hauptstraße gebaut worden war, benutzte diese kleinen Straßen und Gassen eigentlich niemand mehr, der nicht hier wohnen musste. Michael war sich nicht sicher, ob Hanna einfach keinen anderen Weg kannte oder ob sie sich nur nicht traute, die große Straße zu befahren. Ihm sollte es Recht sein, so kamen sie mit unsicheren Lenkbewegungen an menschenleeren Ecken und Plätzen vorbei, die er seit Jahren nicht mehr gesehen hatte. Vor allem die Straße, die früher einmal die Einkaufsstraße des Ortes gewesen war, schien völlig verlassen zu sein.

»Ich habe nie zurückgeschaut. Und wo hat mich das hingebracht? Bevor ich ausziehe und dann gar nicht mehr zurückblicken kann, weil die das alles sofort abreißen werden, weil sowieso nur noch Ausländer drinnen wohnen, die man viel leichter rausschmeißen kann, also bevor ich ausziehe, dachte ich, ein paar Menschen kann ich doch noch besuchen, jetzt wo Mutti nicht mehr lebt. Man weiß ja nicht, wie lange man selber …«

Michael verstand nicht ganz.

»Das hat aber eine Weile gedauert, ihre Mutter war doch schon unter der Erde, als wir uns kennengelernt haben«, sagte er.

»Immer langsam. Eine alte Frau ist kein Schnellzug. Und mein Kopf schon gar nicht. Das ist nicht ganz einfach für mich.«

Hanna schien seinen Blick auf ihrer Hand am Ganghebel zu bemerken. Sie hatte offensichtlich Mühe, den richtigen Gang zu finden.

»Ja, das auch nicht.«

Und als wäre ihr etwas wieder eingefallen, das sie längst vergessen hatte: »Es ist aber auch nicht ganz einfach, was ich mir für diese Reise vorgenommen habe. Mach doch ein bisschen Musik.«

Auf irgendeinem Sender fand er schließlich Musik, die er angemessen fand und von der er hoffte, dass sie Hanna nicht allzu sehr belästigen würde. Bei ihrem Fahrstil wollte er sie nicht zusätzlich verschrecken. Hanna lenkte das Auto langsam aus dem Stadtzentrum hinaus. Michael war gespannt, wo sie hinfahren würde, aber sie bog nirgends mehr ab und fuhr, langsam aber doch, in Richtung Schnellstraße weiter. Hier sprossen rechts die ersten Einfamilienhäuser aus dem Boden. Michael deprimierte der Ausblick, aber immerhin schien den Bewohnern etwas an ihren Häusern zu liegen. Das war hier keineswegs selbstverständlich. Und Elvira lebte ja auch glücklich und zufrieden in ihrer Anlage.

»Wozu brauchen Sie mich eigentlich auf ihrer großen Fahrt?«

Hanna hatte lange nichts gesagt und konzentrierte sich auf die Straße. Sie hielt das Lenkrad immer noch mit beiden Händen fest.

»Du siehst ja, wie ich fahre. Ich dachte, da schadet es nicht, einen Beifahrer zu haben. Sicher ist sicher.«

Hanna drehte ihren Kopf zu ihm, es war das erste Mal, dass sie nicht stur geradeaus blickte. Er bemerkte etwas in ihren Augen, das ihn nachfragen ließ.

»Warum haben Sie mich wirklich mitgenommen, Frau Swoboda?«

Hanna seufzte und schlug mit den Fingern einige Male gegen das Lenkrad. Dann sagte sie, ohne abermals zu ihm zu blicken: »Weil ich mich sonst nicht getraut hätte. Weil ich eine Riesenangst habe, das ganze hier alleine zu machen. Alleine zu sein.«

Sie schwieg einen Moment und drehte dann doch nochmals den Kopf zu ihm, als wolle sie prüfen, wie ihre Worte auf ihn wirkten.

»Ich habe dich mitgenommen, weil ich dich brauche.«

Als Michael jetzt den Ausdruck in ihren Augen sah, konnte er sich plötzlich vorstellen, dass sie dieses Auto ganz wunderbar unter Kontrolle haben würde. Und sei es auch nur bei fünfzig Stundenkilometern. Was hatte Elvira gesagt? Die alte Schachtel hat Haare auf den Zähnen.

*

»Das ist mein erster Urlaub seit fast vierzig Jahren.«

Hanna war inzwischen auf die Schnellstraße gefahren und lenkte das Auto nun gelassener auf der ersten Spur durch die Landschaft. Mittlerweile hatte sie auf fast achtzig Stundenkilometer beschleunigt und genoss die Geschwindigkeit, was sie selbst erstaunte. Aus den Augenwinkeln beobachtete sie Michael, der anhand der Straßenschilder herauszufinden versuchte, wohin die Reise gehen sollte.

»Sie waren noch nie auf Urlaub?«

Selbst die vorbeirasenden Lastwagen konnten sie nicht mehr aus der Ruhe bringen.

»Nicht einmal in Italien?«, fragte er nach.

»Das habe ich nicht gesagt. Es ist mein erster Urlaub seit fast vierzig Jahren. Damals war ich mit Mutti auf einer Mittelmeerkreuzfahrt, die uns die Gewerkschaft als Geschenk organisiert hat, als sie in Pension gegangen ist. Für ihren Einsatz. So ist es auf der Karte gestanden. Und nachdem Papa damals schon lange tot war, hat sie mich mitgenommen.«

Die Sonne schien durch die Windschutzscheibe und sie waren mittlerweile weit weg von allen Wohngebieten, links und rechts erstreckten sich nur Getreidefelder. Michael legte die Beine auf das Armaturenbrett, was Hanna zuerst ärgerte, sie dann aber doch ignorierte, als er zumindest seine Schuhe auszog und auf den Boden fallen ließ.

»Erzählen Sie mir von Ihrer Kreuzfahrt.«

Michael hatte den Kopf an das Fenster gelehnt und starrte in die Landschaft. Vielleicht wollte er wirklich ihre Geschichte hören, vielleicht ging ihm nur die Musik auf die

Nerven. Hanna war es gleich. Sie drehte das Radio leiser und rutschte im Fahrersitz etwas zurück.

»Ich kann mich noch genau erinnern, wir haben damals unsere besten Kleider zusammengepackt, viel hatten wir ja nicht, haben uns einen Koffer ausgeborgt, unsere Nachbarin hatte einen, den sie uns leihen konnte, wir haben ja vorher nie einen Koffer gebraucht, wozu auch? Dann haben wir uns in den Zug gesetzt und sind nach Italien gefahren, wo das Schiff abgelegt hat. Wir sind sofort zum Hafen gelaufen. Mutti und ich konnten das gar nicht glauben, da lag dieses riesige Schiff, ich weiß nicht mehr wie viele Stockwerke hoch, überall Balkone. Das war so beeindruckend, so strahlend weiß und blitzblank. Und überall liefen Menschen mit Koffern herum, wie im Film. Natürlich hatten wir nur eine Innenkabine und keinen Balkon, aber das war uns völlig egal. Wir waren auf diesem Schiff und so glücklich darüber. Und dann haben wir uns so geschämt, weil wir ja nichts Schönes anzuziehen hatten. Ich hatte ein paar alte Röcke mit und einige Westen und ein einziges schönes Kleid, das ich aber auch schon einige Jahre zuvor gekauft hatte. Und Mutti hatte auch nicht viel mehr eingepackt. Auf jeden Fall musste alles in einen Koffer passen. Und ich weiß noch, dass Mutti das Schiff erkunden wollte, die Kabine war ja winzig und zwischen den beiden Betten und dem kleinen Tischchen war kaum Platz zum Stehen, aber ich traute mich nicht vor die Tür. Plötzlich war mir das so peinlich, wie ich ausgesehen habe, so unendlich peinlich. Aber Mutti meinte nur, ich solle das Kleid anziehen und mit ihr rausgehen. Aber ich hatte solche Angst, dass das Kleid schmutzig wird, und alle hatten mir doch von dem Dinner mit dem Kapitän erzählt und dafür wollte ich das

Kleid unbedingt aufheben und sauber halten. Und dann sind wir über das Schiff spaziert, Mutti hat dabei so getan, als wäre das das Normalste auf der Welt für sie, hat alle angelächelt und alles genau inspiziert. Und ich bin ihr hinterhergelaufen und hatte das Gefühl, jeden Moment als blinder Passagier enttarnt zu werden. Ich habe wirklich geglaubt, die werfen mich vom Schiff, wenn sie herausfinden, dass ich da gar nicht hingehöre. Einmal habe ich offenbar so verängstigt und verloren ausgesehen, dass mich ein Matrose gefragt hat, ob er mir helfen kann oder ob ich mich verlaufen habe, das käme gerade am Anfang der Reise sehr häufig vor. Und ich habe kein Wort herausbekommen, ich habe ihn nur angestarrt, und dann bin ich weggelaufen und hatte Angst mich umzudrehen, weil ich mir sicher war, dass er mir folgt. Ich habe Tage gebraucht, mich daran zu gewöhnen. Und egal wo wir hingegangen sind, ich habe immer versucht, nicht aufzufallen und vor allem nicht schmutzig zu werden.«

Hanna genoss die Erinnerung. Sie hatte lange niemandem mehr von dieser Reise erzählen können und sie stürzte sich in die Gefühle, die jetzt in ihr hochstiegen.

»Und dann sind wir an Deck gelegen, direkt am Schwimmbecken. Dabei hatten wir vergessen, Badeanzüge mitzunehmen. Wir hatten einfach nicht daran gedacht und niemand hatte uns etwas gesagt. Da lagen wir jetzt, mit Rock und Bluse und alten Schuhen neben all den feinen Leuten in Badeanzügen und Bikinis, bis uns am dritten Tag eine ältere Dame wortlos ein Paket in die Hand gedrückt hat, und als wir das aufgemacht haben, waren zwei Badeanzüge drinnen. Die haben uns zwar nicht ganz gepasst, aber das war uns völlig egal, wir waren einfach nur dankbar. Wir hätten der Dame so gerne etwas geschenkt, eine Kleinigkeit, aber wir hatten einfach nichts mit, schon gar nichts, was es wert gewesen wäre, verschenkt zu werden. Also haben wir ihr eine Karte geschrieben, die wir an Bord gekauft haben. Das war uns natürlich auch wieder unendlich peinlich, aber wir wollten zumindest irgendwie zeigen, wie dankbar wir waren. Und am Ende der Reise gab es dann wirklich das Dinner mit dem Kapitän und natürlich sind wir in der hintersten Ecke gesessen, ganz weit weg von seinem Tisch. Aber ich habe trotzdem ein bisschen was von ihm gesehen, ich kann mich noch genau an die Uniform erinnern, die mich so beeindruckt hat. Das findest du sicher naiv und kindisch, nicht? Dabei war ich da gar nicht mehr so jung.«

Michael kurbelte das Fenster ein kleines Stück weit nach unten und nahm einen Schluck aus der Wasserflasche, die sie besorgt hatte. Durch die Sonne war es im Auto brütend heiß geworden.

»Und welches Land hat Ihnen am besten gefallen?«

»Die Landausflüge waren im Preis ja nicht inkludiert und wir konnten uns das damals nicht leisten, deshalb sind wir meistens am Schiff geblieben. Nur am Ende haben wir uns noch Venedig angesehen, da war gerade Karneval. Aber das kann man gar nicht erzählen, eigentlich. Ich hatte so unendlich viel Angst, all diese Menschen mit diesen seltsamen Masken haben mich völlig eingeschüchtert. Nein, gar nicht eingeschüchtert, sie haben mir einfach eine Heidenangst eingejagt. Ich weiß nicht, woher die kam. Ich habe mich in den engen Gassen fremd und bedrängt gefühlt, als würde ich ersticken. Aber Mutti wollte unbedingt durch die Stadt spazieren und mit einer Gondel fahren. Das haben wir dann auch getan, unsere einzige wirklich große Ausgabe bei dieser

Reise, und ich war heilfroh, in diesem Boot zu sitzen und nicht zwischen all den maskierten Leuten herumlaufen zu müssen, die mir eine solche Angst eingeflößt haben. Unser einziger Landausflug und ich habe Mutti die ganze Freude genommen. Die einzige Möglichkeit etwas Neues zu sehen, etwas Unbekanntes. Und alles, was ich wollte, war, möglichst schnell wieder zurück auf unser Schiff zu flüchten.«

»Und sonst waren Sie nirgendwo?«

»Nein, nur manchmal haben wir uns ins Restaurant gesetzt, einen Kaffee getrunken und durch die Bullaugen die Küsten beobachtet. Und durch diese Bullaugen habe ich dann einmal meine ersten Delfine gesehen. Sie sind plötzlich aufgetaucht und neben dem Schiff hergeschwommen. Sie haben so glücklich ausgesehen, wie sie aus dem Wasser herausgesprungen sind, als würden sie das nur für uns machen, als kleine Aufführung, mit uns als Zuseher. Damals bin ich noch nicht einmal im Zoo gewesen, ich war ganz außer mir. Ich wäre so gerne mit ihnen geschwommen und hatte eine solche Lust, sie zu berühren. Aber ich konnte sie nur durch die Glasscheibe beobachten. Wir sind dann zwar gleich an Deck gelaufen, aber da waren sie schon nicht mehr zu sehen. Als ich nach Hause gekommen bin, habe ich mir gedacht, ich hätte auch diese Kreuzfahrt nicht machen sollen.«

»Warum nicht?«

»Mein Mann war nicht der beste Hausmann. Und als Vater vielleicht noch schlechter.«

Michael sagte nur: »Keine Freude ohne Reue.«

»Nur konnte ich Reue immer ganz gut fernhalten. Aber lassen wir das. Man muss sich auf die guten Erinnerungen konzentrieren.«

Mittlerweile wurden die Lastwagen etwas weniger und die Fahrt dadurch um einiges angenehmer. Hanna wurde immer entspannter.

»Und das wollen Sie jetzt tun? Gute Erinnerungen am Leben erhalten?«

»Gute und schlechte. Man kann es sich ja doch nicht aussuchen. Man kann nur versuchen, sich umso mehr auf die guten zu konzentrieren, je stärker sich die schlechten nach vorne drängen. Vor allem dann, wenn man älter wird.«

»Und sonst sind Sie auch im Sommer immer nur zu Hause gesessen?«

»Ich habe ja sonst eh immer gearbeitet. Aber irgendwann haben wir einen kleinen Garten gegenüber unserem Schupfen bekommen, dort haben wir dann unsere Wochenenden verbracht.«

»Ein Schupfen?«

»Ein Schuppen, für das Holz zum Heizen.«

»Sie haben mit Holz geheizt?«

»Alle dort. Auch heute noch.«

Michael kurbelte das Fenster weiter herunter, griff nach dem Duftbaum, der vom Rückspiegel baumelte, riss ihn mit einem kurzen Ruck herunter und warf ihn aus dem Fenster. Der Duft war Hanna auch schon die ganze Zeit auf die Nerven gegangen und sie dankte ihm kurz nickend, ohne etwas zu sagen. Links und rechts der Fahrbahn erstreckten sich mittlerweile strahlend gelbe Rapsfelder.

»Als würde man in ein Gemälde von Van Gogh fahren«, sagte Michael.

»Waren das nicht Sonnenblumen?«

»Und Sie haben das nie bereut, dass Sie nicht öfter weg waren, andere Dinge gesehen haben?«

Hanna lachte laut auf. Der Klang ihres eigenen Lachens war ihr peinlich.

»Was hätte das denn genützt? Ich hatte sowieso kein Geld dafür. Ich hätte es also nicht ändern können. Immerhin habe ich einmal etwas gesehen, was andere nie in ihrem Leben sehen werden. Es gäbe so viele Dinge, die man machen könnte. Selbst wenn man Zeit und Geld hat, schafft man das nicht in einem Leben. Wenn man das alles bereuen würde! Ich hatte ja sowieso immer nur zwei Fenster zur Welt: Das Fernsehen und, nun ja, mein Fenster. Der Rest war mein eigenes Leben.«

Zufrieden stieg Hanna noch etwas stärker auf das Gaspedal.

»Die Pflege von Mutti war ja wirklich eine Aufgabe für den ganzen Tag und manchmal auch in der Nacht. Nur am Nachmittag konnte ich mich manchmal in meine Wohnung zurückziehen, dann habe ich mich ans Fenster gesetzt und nach draußen geblickt.«

»Wie man das als alte Frau so macht.«

»Genau. Sogar einen Polster habe ich mir zurecht gelegt, um es bequemer zu haben. Und dann habe ich alles mitbekommen, auch ohne nach draußen zu gehen. Die neuen Gebäude in der Umgebung, die Fußgängerbrücke über den alten Mühlbach. Ich habe gesehen, wenn Leute ausgezogen sind, hin und wieder auch, wenn neue Mieter eingezogen sind. Ich habe sogar Scheidungen mitbekommen, wenn plötzlich der Lastwagen für den Umzug vor der Tür stand und einer trotzdem in der Wohnung geblieben ist. Und manchmal sind dann Frauen plötzlich mit dem Kinderwagen aus den Häusern gekommen, aber meistens haben sie nur Särge herausgetragen.«

»Der Kreislauf des Lebens.«

Hanna mochte nicht, wie zynisch das aus Michaels Mund klang, aber sie ignorierte den Tonfall in seiner Stimme.

»Genau. Ich weiß schon, was ihr Jungen euch denkt, wenn ihr uns Alten in den Fenstern lehnen seht. Aber so hatte ich zumindest immer das Gefühl, weiter am Leben teilzunehmen. Ich hatte nie das Gefühl, dass mir etwas fehlt, ich habe mir nie gewünscht, dass es anders wäre.«

*

Stundenlang sah Michael keine Menschenseele. Immer schneller und sicherer fuhr Hanna die Straßen entlang, links und rechts nur Felder in den unterschiedlichsten Farben, hin und wieder kleine Dörfer und Feriensiedlungen, die alle gleich aussahen und vollständig verlassen zu sein schienen. Einmal kamen sie an einem alten Gelände vorbei, auf dem eine Fabrik stand, in der wohl schon seit langer Zeit nicht mehr gearbeitet wurde. Früher musste hier viel Betrieb gewesen sein, eine eigene kleine Bahnstrecke führte auf das Gelände, doch mittlerweile waren die Gleise von Unkraut überwuchert. Michael war sich nicht sicher, ob Hanna die Fahrt genoss und ob sie überhaupt ein fixes Ziel hatte. Vielleicht wollte sie einfach einige Zeit auf der Straße verbringen, um den Kopf frei zu bekommen. Es hätte ihm nichts ausgemacht. Er musste nichts Aufregendes erleben, es genügte ihm, wieder einmal unterwegs zu sein.

Nach einiger Zeit machte er Hanna darauf aufmerksam, dass das Benzin zur Neige ging. Sie lenkte das Auto an eine der Zapfsäulen der nächsten Tankstelle und blieb stehen, ohne Anstalten zu machen, auszusteigen. Michael wartete einige Zeit, dann realisierte er, dass sie auf die Bedienung wartete. Er wollte den Zündschlüssel abziehen und das Auto für sie volltanken, als sie seine Hand nahm und zart aber doch bestimmt beiseite schob.

»Benzin ist teuer genug, das sollen ruhig die machen.«
»Da wird niemand kommen.«

Hanna wartete noch kurz, dann drückte sie mit beiden Händen auf die Hupe und ließ sie nicht mehr los, bis der Tankwart herausgelaufen kam. Er sah alles andere als glücklich aus, als er wild gestikulierend auf das Auto zurannte. Michael hatte ein wenig Angst, doch er hatte nicht mit der erstaunlichen Fähigkeit Hannas gerechnet, von einer Sekunde auf die andere sämtliche Qualitäten der sanften Manipulation in sich wach zu rufen, über die Frauen eines gewissen Alters offenbar zu verfügen schienen. Hanna kurbelte das Fenster auf der Fahrerseite hinunter, steckte den Kopf hinaus und begann schon zu rufen, bevor der Tankwart ihr Auto erreicht hatte.

»Es tut mir so unendlich leid! Ich hoffe, ich habe Sie nicht gestört. Seien Sie mir nicht böse. Könnten Sie mir einen Gefallen tun und das Auto auftanken? Ich bräuchte Stunden, um hier herauszukommen, vom Einsteigen gar nicht zu reden. Das versteht ein junger Mann wie Sie sicher nicht, aber es dauert Ewigkeiten! Da wollen Sie längst zusperren und nach Hause zu ihrer Familie. Und mein Sohn hier kennt das Auto nicht, ein alter Wagen, fast eine Antiquität. Und ich will doch nicht, dass er etwas kaputt macht. Mir wäre lieber, wenn Sie das machen könnten!«

Der Seitenhieb hatte gesessen. Michael hätte es zwar gerade noch geschafft, auch das älteste Auto vollzutanken, aber die Chance auf eine Rolle hatte er sich noch nie entgehen lassen. Er setzte einen Gesichtsausdruck auf, der nur heißen konnte: Lassen Sie mich ja mit keinem Auto alleine, das sie noch fahren wollen. Dann grinste er aus der Windschutzscheibe und winkte dem Tankwart zu. Dieser griff nur nach dem Schlüssel, den Hanna ihm aus dem Fenster reichte, schnappte sich den Zapfhahn ohne ein weiteres Wort und begann zu tanken.

Hanna öffnete die Fahrertür, um ihre Füße hinauszustrecken. Michael sah den Tankwart im Rückspiegel, beugte sich dann nach hinten und angelte in seiner Tasche nach seinem klobigen Telefon. Hanna hielt ihr Gesicht in die Sonne und beobachtete ihn nicht weiter, also lehnte er sich verstohlen zurück und begann zu tippen: *Haben wir noch eine Chance?* Dann drückte er senden. Er beobachtete das kleine Kuvertsymbol auf seinem Handy, das kurz aufleuchtete und dann sofort verschwand. Als er das Telefon in seine Hosentasche steckte, bemerkte er den Blick Hannas. Sie konnte seine Nachricht unmöglich gelesen haben, aber doch irgendwie schien sie instinktiv zu wissen, was er geschrieben hatte. Vielleicht lag es auch an seinem schuldbewussten Blick.

»Elvira meint, ich muss ihn vergessen. Ausziehen. Am besten ganz weit weg. Nicht immer zurückschauen.«

Michael hatte Hanna von Ernst erzählt, und auch wenn Hanna kaum je etwas dazu gesagt hatte, hoffte er, dass sie ihn nicht verurteilte. Und doch schien ihr das Thema seiner Beziehung mit einem Mann unangenehm zu sein, vermintes Gebiet. Sie hatte einmal gemeint, ganz normal könne sie seine Entscheidung sicher nie finden, und es war mehr das Wort Entscheidung gewesen, das ihn gestört hatte, als ihre abweisende Haltung. Es war ein dunkler Fleck in ihrer

Freundschaft geblieben, den er sich nicht zu erhellen traute. Er hatte Angst zu erfahren, wie sie wirklich darüber dachte. Vielleicht war es zu viel verlangt, dass sie seine Sexualität verstand, und beiderseitiges Schweigen war einfach die beste Lösung. Trotzdem hatte Michael versucht, Hanna zu erklären, warum Ernst mit ihm Schluss gemacht hatte, aber er wusste bis heute nicht, ob sie das wirklich begriff. Er hatte erst im Erzählen bemerkt, wie schwierig das zu vermitteln war. Sie hatten einander nicht betrogen, nicht gestritten, sie hatten sich nicht einmal auseinandergelebt. Michael wollte auch jetzt noch glauben, dass sie sich bis zum Ende geliebt hatten. Er erinnerte sich nicht genau, was er Hanna über den Grund ihrer Trennung erzählt hatte, aber nicht einmal er war sonderlich überzeugt gewesen. Aber Hanna hatte nicht nachgefragt, nur gesagt, dass er wohl noch nicht die richtige Frau gefunden hätte.

»Elvira findet, ich solle am besten auch alles wegwerfen, was ich von ihm aufgehoben habe.«

Hanna richtete abwesend den Rückspiegel, der Tankwart stand immer noch genervt neben der Zapfsäule und wartete darauf, dass der Wagen vollgetankt war.

»Nicht immer ist das, was richtig ist, auch wahr.«

Michael verstand sie nicht gleich.

»Ich kann es auch nicht besser erklären, aber manchmal ist es besser, in so etwas zu versinken und eben nicht loszulassen. Auch wenn das auf den ersten Blick falsch ist, aber es ist auch wahr, weißt du, was ich meine? Es ist das, was man fühlt und braucht. Und das ist nicht immer richtig für einen, oder gut, das weiß ich schon. Aber man muss sich entscheiden: Will man wahr oder will man richtig leben.«

Er fühlte sich von ihren Worten erkannt, auf jeden Fall schaute er offenbar völlig verwirrt, denn Hanna grinste.

»Da hat dich die alte Schachtel wohl auf kaltem Fuß erwischt!«

Sie schien sich diebisch zu freuen.

»Wie meinen Sie das?«

»So etwas hast du mir nicht zugetraut. Aber ich sag dir was, man hat genug Möglichkeiten, über das Leben nachzudenken, wenn einem die tägliche Routine in Fleisch und Blut übergegangen ist. Außerdem habe ich meine Arztromane immer genau studiert.«

»Hätten Sie nicht Marx lesen sollen?«

»Aus den Arztromanen habe ich mehr gelernt. Deine Mutter und ich haben die eine Zeit lang ausgetauscht.«

Michael war unwohl, als Hanna so selbstverständlich seine Mutter erwähnte, während er sich noch immer nicht nach ihr zu fragen traute. Er konnte sich an die dünnen Hefte erinnern, die seine Mutter in der Eckbank in der Küche gestapelt hatte. Vor allem das dunkle, dünne Papier, das so seltsam roch, war ihm stark in Erinnerung geblieben. Und die Fotos auf den Umschlägen. Die Ärztedarsteller waren lange Zeit seine Wichsvorlage gewesen, was ihm jetzt weniger peinlich als vielmehr traurig vorkam. Der Tankwart hatte den Wagen mittlerweile vollgetankt und Hanna bezahlte ihn direkt aus dem Auto heraus, das Wechselgeld solle er einfach als Trinkgeld behalten.

»Wie hast du ihn denn eigentlich kennengelernt?«

»Das habe ich Ihnen doch sicher schon erzählt.«

Hanna schüttelte den Kopf. Sie waren das einzige Auto an der Tankstelle und Hanna machte keine Anstalten, weiterzufahren.

»Er hat mich in einer meiner ersten größeren Rollen gesehen, im Stadttheater. Ich war so stolz, dabei war das so unendlich peinlich, es war die Premiere und im Zuschauerraum saßen vielleicht fünfzig Zuschauer. Und nach der Vorstellung, es gab nicht einmal eine Premierenfeier, wartete er beim Bühneneingang auf mich und hat mich gefragt, ob ich mit ihm bei einem Glas Wein feiern will, er hätte mich so toll gefunden, das müsste einfach gefeiert werden. Das hat mich so gefreut und stolz gemacht. Und gleichzeitig habe ich mich so geschämt. Das Stück war so miserabel, ich war so schlecht darin, ich musste einfach mit ihm ausgehen. Entweder, um herauszufinden, ob er das nur gesagt hatte, um mich kennenzulernen, oder aber, um an seinem Geschmack zu arbeiten, falls er es wirklich ernst gemeint hätte.«

Aus welchem Grund auch immer suchte er sich offenbar nur Freunde, die ihn in seinem schlechtesten Zustand gesehen hatten. Vielleicht hätten ihm Hannas Arztromane erklären können, weshalb das so war.

»Warum bist du denn Schauspieler geworden, wenn du dich selbst immer so schlecht findest?«

»Das schließt sich ja nicht aus. Das sagt doch nur, dass ich Ansprüche habe.«

Er versuchte ein Lächeln, doch Hanna schaute ihn nur verwundert an.

»Wollen Sie nicht fahren?«

»Gleich.«

»Vielleicht bin ich Schauspieler geworden, um mehr Möglichkeiten zu haben, wissen Sie? Das eigene Leben ist ja doch so beschränkt. Sicher, man hat tausende Möglichkeiten. Aber irgendwann steckt man doch in einer fest, wie sehr man auch strampelt.«

Er wusste nicht genau, was er da sagte. Es fiel ihm schwer, sich vor den Augen Hannas zu rechtfertigen.

»Allein deswegen hätte ich das Angebot für den Film annehmen und nicht hierbleiben sollen. Ins Kino gehen die Leute wenigstens noch, so schlecht kann der Film gar nicht sein.«

»Weil nur verwöhnte Mittelstandskinder zum Theater wollen, weil ihnen langweilig ist.«

Woher kam das jetzt so plötzlich? Sie hatten kaum über seinen Beruf gesprochen und wenn, dann hatte er den Eindruck gehabt, Hanna hätte Respekt, zumindest aber etwas Verständnis dafür.

»Und das ist so schlecht? Ach, vergessen Sie es. Das stimmt ja auch alles nicht. Ich weiß nicht, warum ich Schauspieler geworden bin. Ich wäre viel lieber etwas Richtiges geworden. Egal was.«

Aber Hanna ließ nicht locker, sie hielt den Schlüssel fest zwischen ihren Fingern, aber sie drehte ihn nicht. Sie starrte ihn von der Seite aus an.

»Und für so viel Antriebslosigkeit habe ich gekämpft.«

»Für mich hat keiner gekämpft. Ihre Leute sind ja nicht einmal in unser Theater gekommen, obwohl ihnen das Gebäude gehört hat.«

»Wir haben dafür gekämpft, dass ihr mehr Möglichkeiten habt.«

»Das ist ja das Problem.«

»Entweder ihr wollt zu viel auf einmal oder ihr wollt gar nichts.«

Der Motor heulte kurz auf.

»Ich weiß nicht wer Sie glauben, dass ich bin, welches Bild Sie von mir im Kopf haben, aber ich brauche keine Hilfe. Wollen Sie nicht weiterfahren?«

Während Hanna den Wagen umständlich zurück auf die Straße lenkte, kramte Michael wütend im Handschuhfach. Zwischen alten Zeitungen und Einkaufszetteln fand er etliche Straßenkarten von Bayern, die ihn enttäuschten. Dann würde ihre Fahrt nicht so lange dauern, wie er gehofft hatte. Er sagte nichts. Vielleicht zeugten die Straßenkarten nur von einer früheren Fahrt.

Wenig später fand Michael sich an einem Ort wieder, an den er bei dieser Reise nicht gedachte hatte. *Justizanstalt* stand in großen Lettern über dem Eingang des Gebäudes, vor dem er auf dem Gehsteig saß. Er hatte sich Gefängnisse immer völlig anders vorgestellt. Sicher, das Gebäude war so trostlos grau, wie man sich ein Gefängnis ausmalen würde, aber ansonsten fiel es in der umschließenden Häuserreihe nicht sonderlich auf. Eine hohe Mauer mit einem schweren grauen Eisentor grenzte den dahinterliegenden Innenhof von der Straße ab, aber das Gebäude selbst, das aussah, als wäre es ein paar Schritte aus der Häuserreihe zurückgetreten, machte durchaus etwas her. Michael hätte es sich ohne die Überwachungskameras und Gitter auch als Wohnhaus vorstellen können. Das Auto stand in einer Parklücke etwas abseits, und da es durch die Sonne, die mittlerweile unbarmherzig durch die Windschutzscheibe knallte, im Inneren viel zu heiß geworden war, hatte er sich auf den Gehsteig gesetzt und sich die Kopfhörer in die Ohren gesteckt, um nicht wie ein zurückgelassener Hund im überhitzten Auto zu verrecken. Er hatte sich nicht wirklich gewundert, als Hanna das Auto langsam, aber durchwegs zielsicher hierher gelenkt hatte, sie hatte ihn nicht einmal gebeten, auf einer der Karten nach dem Weg zu sehen. Es war keine halbe Stunde Fahrt gewesen, von der Tankstelle bis hierher. Als sie vor dem Gefängnis stehen geblieben waren und Michael endlich gemerkt hatte, wo sie hin wollte, hatte er sie gefragt, ob sie öfter hierher kam, aber sie hatte nur stumm den Kopf geschüttelt und war dann schnurstracks im Haupteingang verschwunden.

Michael wunderte sich, weshalb das Gefangenenhaus hier so wenig hervorstach. Nicht das Gefängnis hatte sich offenbar den anderen Häusern in der Straße angepasst, eher imitierten diese das Aussehen des Gefängnisses. Er fragte sich, was um alles in der Welt ihn auf diesen Gehsteig vor einem Gefängnis in der Provinz geführt hatte. Dann drehte er die Musik auf.

*

»Was machst du hier?«
»Ich wollte dich wieder einmal besuchen.«
»Das hast du die letzten zwanzig Jahre auch nicht gemacht.«

»So lange bist du noch gar nicht hier.«
»Macht das einen Unterschied?«

Hanna antwortete nichts, was hätte sie darauf auch antworten sollen? Sie hatte sich vorgestellt, sie würden durch eine Glasscheibe voneinander getrennt sein und sie würde wie im Film in ein Telefon sprechen müssen, aber nun saß Robert ihr an einem kleinen Tisch gegenüber. Sie hatte einen düsteren Raum erwartet, einen Raum zum Ersticken, auf jeden Fall nur durch grelles Neonlicht erleuchtet, das scharfe Schatten warf. Und jetzt war alles ganz anders, nicht wirklich gemütlich, aber doch hell und freundlich.

»Wie geht es dir?«

Hanna spürte das Lächerliche in dieser plumpen Frage. Sie kam sich ein wenig wie bei einem Besuch im Krankenhaus vor, da saß man auch immer im Sessel neben dem Krankenbett und wusste nicht, worüber man reden sollte. Jetzt war es Robert, der nicht gleich etwas sagte. Er zündete sich eine Zigarette an und starrte an Hanna vorbei an die Wand hinter ihr. Hanna wunderte sich, dass man hier rauchen durfte.

»Mir geht es prächtig.«

Er sah ganz verändert aus und wie damals im Kaffeehaus, als sie im Gesicht Michaels den kleinen Jungen gesucht hatte, versuchte sie auch jetzt in den Zügen Roberts jenen Menschen zu finden, den sie einmal so gut zu kennen gemeint hatte.

»Schläfst du gut?«

»Was denkst du?«

»Ich weiß es nicht, woher soll ich das wissen, Robert?«

Es war niemand im Raum außer ihnen beiden und einem Aufseher, der gelangweilt neben der Tür lehnte. Die Waffe machte Hanna ein wenig Angst, auch wenn sie eigentlich dazu da war, sie zu beschützen.

»Ich habe dir etwas zu Essen mitgebracht. Es sind nur Süßigkeiten, ein Müsliriegel und etwas Schokolade. Ich wusste nicht, was du sonst magst. Ich wusste auch gar nicht, ob ich dir das überhaupt mitbringen darf. Ich habe alles beim Empfang abgegeben.«

Hanna versuchte sich das Gesicht Roberts genau einzuprägen. Er sah besser aus, als sie erwartet hatte. Kräftig, rasiert und mit kurzen Haaren, die ihm gut standen. Sie hatte erwartet, dass er Anstaltskleidung tragen würde. Nicht gerade blau-weiß gestreift, das nicht, aber einen orangen Overall vielleicht, oder irgendetwas

Graues, wie im Film. Doch Robert trug eine ganz normale Jeanshose und dazu ein weißes T-Shirt.

»Gut siehst du aus.«

Robert reagierte nicht, er starrte weiter auf einen imaginären Punkt an der Wand hinter Hanna und würdigte sie keines Blickes. Hanna wusste nicht genau, ob ihr Besuch hier eine gute Idee war. Sie traute sich nicht, nach der kleinen Narbe auf seiner rechten Wange zu fragen. Vermutlich war es nur ein Unfall gewesen. Oder ein Sturz.

»Willst du gar nichts sagen?«

Hanna versuchte, Robert in die Augen zu sehen, aber er wandte seinen Kopf von ihr ab.

»Ich will doch nur reden.«

»Und ich will nichts wissen.«

»Ich wollte dir erzählen, was mit mir passiert ist.«

Robert bewegte sich keinen Millimeter, er sagte nichts und zeigte keine Reaktion. Also begann Hanna zu erzählen. Was hätte sie auch sonst tun sollen, deshalb war sie hergekommen und sie würde sich nicht davon abbringen lassen. Sie erzählte von ihrer Mutter und vom Begräbnis, sie beschrieb den Sarg und die Blumen, den Leichenschmaus im Wirtshaus gleich neben dem Friedhof, sie erzählte von Ilse und von der Wohnung, von der alten und von der neuen, in die sie vielleicht ziehen würde. Sie erzählte von ihren Enkelkindern, die mittlerweile auch schon erwachsen waren, von denen erzählte sie am längsten. Sie erzählte von Michael, sie erzählte sogar von Johannes. Hanna hätte nicht sagen können, wie lange sie gesprochen hatte, aber als sie fertig war und nicht mehr wusste, was sie noch erzählen hätte können, da starrte auch sie an ihm vorbei zur Wand. Sie hatte Angst vor seinem urteilenden Blick.

»Das weiß ich doch alles schon, warum erzählst du mir das.«

Hanna konnte sich denken, woher.

»Also, war das alles?«

Natürlich war das nicht alles. Sie hatte es jahrelang in ihrem Kopf durchgespielt, sich genau überlegt, was sie wissen wollte. Sie konnte alles abspulen, was in ihrem Kopf war. Wie ein Gedicht, das man in der Schule gelernt hat und sein Leben lang nicht mehr vergisst. Aber gerade jetzt fehlte ihr der Anfang, der erste Satz, der alles Weitere auslösen würde.

»Warum hast du das damals gemacht?«

Diese Frage hatte sie so nie für sich formuliert. Robert grinste und dieser Ausdruck seines Gesichtes traf sie, wie sie nichts sonst hätte treffen können. Nicht das Gebäude hier, nicht die Kameras, nicht die Sicherheitsschleuse und nicht die trostlosen, endlos langen Gänge. Und nicht der kleine Raum mit Fenster, in dem sie gerade saß.

»Du solltest jetzt gehen.«

Robert stand auf und deutete zur Tür.

»Du warst noch so jung. Du hattest dein ganzes Leben noch vor dir.«

Hanna blieb sitzen und schaute ihn von unten an. Erst jetzt bemerkte sie, wie groß er war und plötzlich hatte sie Angst vor ihm. Nie hatte sie bisher so gefühlt, auch damals nicht. Doch jetzt sah Robert ihr in die Augen, zum ersten Mal, seitdem er durch die Tür am Ende des Raumes gekommen war, er fixierte sie und ließ sie seinem Blick nicht entkommen, auch wenn sie es versuchte. Er war stärker als sie, sogar hier drinnen. Er begann ganz leise zu reden und hörte dann lange nicht auf. Hanna war nicht seine einzige

Zuhörerin, auch der Aufseher an der Tür wandte sich ihnen zu. Er ging ein paar Schritte in den Raum hinein und Hanna merkte, dass auch er nicht genau wusste, wie er sich verhalten sollte.

»Ich war überhaupt nie jung. Ich habe nie gesoffen und mich am nächsten Tag nicht mehr daran erinnert. Ich hab mich nie in ein Auto gesetzt und bin einfach losgefahren, ohne nachzudenken. Wie du jetzt, denn nachgedacht hast du sicher nicht. Ich bin nie einfach losgefahren, weil alles möglich ist, jede noch so große Scheiße. Aber ein kleines Abenteuer, das mindestens. Irgendwas erleben, einfach mal irgendwas erleben. Völlig egal was, weil es einfach wirklich egal ist, wenn man jung ist, dachte ich. Aber ich hab mich nie jung gefühlt. Ich bin nie um vier Uhr früh mit einem Mädchen im Arm und einer Wodkaflasche in der Hand in der Ecke gesessen, irgendein Lied im Radio und hab mir gedacht, dass alles möglich sei. Wie alle anderen. Weil für mich nie alles möglich war, weil es immer etwas nachzudenken gab. Ich hab nie gedacht: Ich bin jung und die Welt gehört mir! Das ist doch furchtbar, oder? Man soll doch so denken, wenn man jung ist, dass die Welt ein riesiger Spielplatz ist. Aber ich habe immer gewusst, dass das alles nicht mir gehört, sondern den anderen. Ich bin immer auf Schiene gelaufen, dafür hast du gesorgt. Tut dir das nicht weh oder verstehst du das überhaupt nicht, nur weil es dir auch nicht anders gegangen ist? Weil du auch immer funktionieren musstest. Tut dir das verdammt noch mal wirklich nicht weh? Mich hat das alles kaputt gemacht. Wie kannst du nur hier sitzen und so unversehrt sein? Wie hast du das geschafft? Weil ich halte es nicht aus, mich zerreißt das. Mich zerreißt ...«

Robert sagte lange nichts mehr und erst nach einiger Zeit entließ er sie aus seinem Blick, ließ sich zurück in den Sessel fallen und starrte wieder auf den Punkt hinter ihr.

»Und dann kommst du hierher und erzählst mir was von früher, vom Jungsein. Wenn du das als Ausrede brauchst, dann hättest du nicht hierherkommen dürfen. Ausreden gelten hier nicht. Du kommst hierher und willst mir erzählen, was mit dir passiert ist. Ich sag dir was, es ist mir scheißegal, was mit dir passiert ist. Hier gibt es niemanden außer mir.«

Hanna weinte leise, aber sie tat alles, damit Robert es nicht bemerkte. Es war immer schon falsch gewesen, vor Robert Schwäche zu zeigen oder emotional zu werden. Und sie konnte sich nicht vorstellen, dass das hier drinnen anders geworden war. Sie blickte lange zu Boden, stand dann langsam auf, strich ihren Rock zurecht, drehte sich um und tappte zur Tür, ohne sich nochmals umzudrehen. Der Aufseher begutachtete sie von oben bis unten. Was er wohl dachte? Sie wollte sich noch entschuldigen, aber es kam ihr nicht über die Lippen. Sie hörte nur noch das Kratzen des Sessels am Boden hinter ihr, spürte, wie er aufstand, und hörte dann plötzlich seine Stimme, die jetzt wieder ruhiger klang.

»Kannst du mit der Kaffeemaschine etwas anfangen?«

Hanna blieb stehen und rührte sich nicht, sie wischte sich die Tränen mit ihrem Taschentuch ab.

»Ja. Danke.«

Sie fühlte Roberts Blick in ihrem Rücken, aber sie drehte sich nicht um, stattdessen blickte sie in die Augen des fremden Aufsehers, das schien ihr ein wenig Sicherheit zu geben. Robert sprach ganz leise weiter, sie musste sich konzentrieren, um ihn überhaupt zu verstehen.

»Du weißt, dass du Schuld bist.«

»Nein, das stimmt nicht.«

»Du bist Schuld, und trotzdem kann ich dich nicht verteufeln. Dich nicht hassen. Nicht ganz zumindest.«

»Blut ist dicker als Wasser.«

»Dass ich dich nicht hasse, macht uns noch nicht zu einer Familie.«

Robert flüsterte mehr, als dass er es sagte. Hanna versuchte, im Blick des Aufsehers etwas herauszulesen, Unverständnis oder Mitleid, Verachtung oder Hohn, aber da war nichts.

»Ich habe mir die ersten Jahre hier den Kopf darüber zerbrochen, ob du wohl begreifst, was deine Schuld ist. Aber weißt du, was ich mir mittlerweile denke? Du hast keine Sekunde darüber nachgedacht, du wärst gar nicht auf die Idee gekommen. Ich habe gehofft, du leidest zumindest ein bisschen, nicht wegen mir. Ich habe gehofft, du leidest, weil du etwas falsch gemacht hast, was du nicht mehr ändern kannst. Aber du hast dir nicht einmal die Frage gestellt.«

»Das ist nicht wahr, ich habe mir immer …«

»Du hast dir nicht einmal diese Frage gestellt, ob du etwas falsch gemacht hast, weil du es sowieso nicht mehr hättest ändern können, ich kenne dich doch. Auch wenn du etwas falsch gemacht hättest, es ist ja unsinnig, über vergossene Milch zu jammern.«

»Und was wäre das? Was habe ich falsch gemacht?«

Hanna konnte das Zittern in ihrer Stimme nicht verbergen. Sie wusste nicht, ob Robert das bemerkte.

»Ich war immer intelligenter als die anderen. Weißt du, welche Möglichkeiten ich hätte haben können? Aber das war einfach nicht eingeplant, also durfte es nicht sein.«

»Das hat nichts mit einem Plan zu tun. Es war einfach nicht möglich.«

»Hast du dir das selbst so zurecht gelegt?«

»Das ist die Wahrheit.«

Der Aufseher lehnte sich gegen die Wand neben der Tür und starrte ihr dabei weiter in die Augen. Sie wollte sich umdrehen, aber sie konnte nicht.

»Du lügst«, sagte Robert.

Dass der Fremde im Raum so sehr teilnahm an diesem Gespräch, half ihr. Sie brauchte einen Anker, vielleicht auch einen Zuseher, der, wenn er es schon nicht wissen konnte, so doch vielleicht fühlen würde, dass Robert nicht recht hatte.

»Glaubst du, ich hätte dir das nicht alles mit Handkuss ermöglicht, wenn ich nur gekonnt hätte, wenn ich nur das Geld gehabt hätte?«

»Gekonnt hättest du schon, du hast nur nicht gewollt. Darum hast du auch deinen Mann einfach gehen lassen, anstatt zu kämpfen.«

»Erzähl mir du nichts vom Kämpfen. Du hast ja keine Ahnung.«

Hanna sah Robert nun direkt in die Augen. Sie ging zurück und setzte sich, auch wenn es sie erneut Kraft kostete.

»Was war denn alles meine Schuld, was wirfst du mir vor?«

»Dich haben die anderen immer mehr interessiert als ich. Deine Kollegen und die vielen armen Kinder, denen du helfen konntest, dafür hast du dich eingesetzt, dafür hat dein Herz gebrannt. Du wolltest alles verändern und verbessern, nur nicht für dich, nur nicht für uns. Wir mussten uns zufrieden geben mit dem, was wir hatten. Nur nicht zu viel wollen. Wir hatten es ja gut, anderen ging es viel schlechter. Der klassische Weg, nicht? Es hat dir Angst gemacht, dass ich so viel mehr wollte als du, so viel mehr Träume und Wünsche hatte, das werfe ich dir vor, deine Feigheit. Dabei bin ich doch am Stand getreten.«

Hanna versuchte, seinem Blick standzuhalten. Sie hatte nicht mit so viel Hass gerechnet, mit so vielen Vorwürfen. Aber womit hatte sie gerechnet? Vielleicht war sie wirklich zu naiv an diesen Besuch herangegangen. Jetzt war es zu spät.

»Wo kommt das plötzlich her? Von Ilse habe ich das noch nie gehört.«

»Die hatte das Glück so viel weniger Ansprüche zu haben als ich.«

»Und du bist das Opfer, ich verstehe.«

Robert setzte sich ganz langsam und stützte seine Arme auf den Tisch, er war ihr jetzt ganz nahe und der Aufseher an der Tür trat einen Schritt nach vorne. Hanna wusste nicht mehr, ob sie Angst haben sollte. Sie wusste auch nicht mehr, was sie fühlen sollte.

»Du verstehst gar nichts. Ich bin hier drinnen, weil nicht ich das Opfer bin.«

»Und bist du jetzt glücklich?«

»Ich bin sogar sehr glücklich. Ich habe Zeit für mich, ich lese, ich studiere, ich arbeite sogar. Ich hole all das nach, was mir schon früher zugestanden wäre.«

Hanna plagte sich auf. Sie ging langsam zur Tür, gab dem Aufseher ein Zeichen und drehte sich dann noch einmal um.

»Du willst der Stärkere sein, das verstehe ich. Ich frage mich nur, warum du dann immer noch an meinem Rockzipfel hängst. Dir wäre etwas zugestanden? Und ich bin schuld, dass du das alles nicht bekommen hast? Werde erwachsen, Robert. Und tu was dafür. Aber das hast du ja längst, nicht?«

Sie prägte sich sein hartes Gesicht ein und ging durch die Tür.

*

Es dauerte lange, bis Hanna wieder aus dem Gefängnis kam. Als sie sich zurück auf den Fahrersitz setzte, wollte Michael sie fragen, wen sie besucht hatte, wer in diesem Gefängnis einsaß, den sie kannte. Noch hatte er Schwierigkeiten, Hanna mit einem solchen Ort in Verbindung zu bringen. Doch er schwieg. Sie sah nicht erschüttert aus, nicht einmal verweint, aber etwas war geschehen. Nachdem es ohnehin bald Abend wurde, waren sie sich schnell darüber einig, dass sie ein Hotel oder eine Pension suchen sollten. Er ließ es dabei bewenden.

Keine Stunde, nachdem Hanna das Gefängnis verlassen und Michael sich wieder in den Beifahrersitz geworfen hatte, saß er also schon auf dem Balkon seines Zimmers und blickte auf die kleinen Häuser, die verstreut in die Landschaft gesetzt wurden, die dahinterliegenden Felder und das beginnende Waldstück in einiger Entfernung. Weiter rechts sah Michael einen Kran, der neben einem halb fertigen Gebäude stand und die Aussicht störte. Er hatte Natur ohnehin nie gemocht. Je idyllischer, desto unheimlicher. Zeichen menschlicher Anwesenheit fand er immer beruhigend. Der nahe Wald machte ihm Angst. Nur als Kind hatte er die Dunkelheit unter den Bäumen gemocht. Er hatte seinen Großvater öfter zur Jagd begleitet und ganze

Nächte auf dem Hochstand mit ihm verbracht. Geschossen hatten sie eigentlich nie etwas, das Gewehr war für ihn ohnehin immer tabu gewesen. Meistens hatten sie am Abend nur ein Lagerfeuer angezündet und mitgebrachte Erdäpfel in die Glut gelegt, die sie zuvor in Alufolie eingewickelt hatten. Das war damals sein Lieblingsessen gewesen und sein Opa hatte mehr als einmal sogar im Sommer den Holzofen in der Sommerküche angeheizt, um sie ihm zuzubereiten, unter großem Protest seiner Großmutter natürlich, die fand, bei dieser Gluthitze müsse man nicht auch noch den Ofen anzünden. Doch irgendwann hatte er begonnen, vor dem Wald Angst zu haben. Weil er in der Dunkelheit die ungewohnten Geräusche dort nicht einordnen konnte.

Michael wandte seinen Blick wieder den Häusern in der Nähe zu. Kaum jemand war zu Fuß auf den Straßen unterwegs, hier nahm man das Auto, wenn man etwas zu erledigen hatte. So sah er hin und wieder Garagentore sich wie von selbst öffnen und schließen und Autos heraus- oder hineinfahren. Ab und zu bellte ein Hund, der Rest war erstaunlich ruhig.

Erst später zogen einige Jugendliche durch die Straßen, setzten sich auf eine Bank und tranken aus einer mitgebrachten Flasche. Michael hatte nur seine Boxershorts und ein rotes T-Shirt einer Tourneeproduktion an, in der er vor langer Zeit einmal gespielt hatte, aber es war ihm nicht kalt. Es war jetzt sogar nachts schon wärmer. Er legte seine Füße auf das Geländer und beobachtete die Burschen und Mädchen durch die Holzpaneele des Balkons. Er sah gerne heimlich anderen Leuten zu, zu Hause kannte er alle seine Nachbarn und deren seltsamen Eigenheiten. Er hatte das

Gefühl das zu dürfen, schließlich wurde normalerweise er dafür bezahlt, sich von anderen Menschen beobachten zu lassen.

Irgendwann holte er sein Telefon aus dem Zimmer, ließ sich zurück in den Sessel fallen und tippte eine Nachricht an Elvira: *Mach dir keine Sorgen. Bin mit Hanna unterwegs. Melde mich, wenn ich zurück bin.* Die Jugendlichen waren inzwischen weiter gezogen, nur drei von ihnen saßen noch auf der Bank, zwei waren inzwischen dazu übergegangen einander wild zu küssen, während der dritte die Flasche alleine leerte. Plötzlich leuchtete Michaels Handy hell auf: *Ich bin nicht deine Mutter, du musst dich nicht abmelden.* Er musste lachen und zündete sich eine Zigarette an. Einige Zeit später kam eine zweite Nachricht: *Apropos Mutter. Hast du schon mit Hanna gesprochen?* Er wollte Elvira gerade etwas zurückschreiben, als er plötzlich aus dem Nebenzimmer, in dem Hanna übernachtete, einen lauten Schrei hörte. Die Jugendlichen hatten es sicher auch gehört, denn er sah sie im Augenwinkel noch erschrocken zusammenzucken. Es war kein Stöhnen. Kein Laut, den man im Schlaf machte. Es war ein Schrei voller Schmerz, ein Schrei aus Wut, ein fast tierischer Laut. Zuerst war er sich nicht sicher, ob das Hanna gewesen war, aber als sie ein zweites Mal aufschrie, erkannte er ihre Stimme, auch wenn sie vollkommen verändert klang. Er war sich nicht sicher, was er tun sollte. Zwischen den Schreien war es völlig still und er hörte kein Geräusch aus ihrem Zimmer, keinen Hilferuf und keine Stimmen. Dann ein dritter Schrei, noch lauter als die beiden zuvor. Es klang, als quälte er sich aus Hannas Gurgel. Michael stand am Geländer und versuchte, in Hannas Zimmer zu sehen, doch der Balkon war ein kleines Stück zu weit entfernt. Er überlegte einige Zeit, ging dann in sein Zimmer und klopfte gegen die Wand. Dreimal kurz hintereinander. Lange Zeit hörte er nichts, dann die Stimme Hannas:

»Alles in Ordnung. Leg dich schlafen.«

Als hätte er schlafen können. Er klopfte noch einmal gegen die Zimmerwand und nach einiger Zeit hörte er ein leichtes Klopfen von der anderen Seite. Und dieses Klopfen beruhigte ihn mehr als alles, was Hanna hätte sagen können. Er zog sich seine Jeans an, nahm seine Geldbörse und öffnete die Zimmertür, um am Ende des Ganges Tee und Wasser aus dem Automaten zu drücken. Er nahm den heißen Plastikbecher und die kalte Flasche, stellte sie am Boden vor Hannas Tür ab und klopfte dagegen. Dann lief er zurück in sein Zimmer und legte sich aufs Bett. Nach einiger Zeit hörte er ein Klopfen von Hannas Seite, dreimal, ganz kurz. Das sollte wohl Danke heißen. Er drehte das Licht ab und setzte sich wieder auf den Balkon. Die Jugendlichen waren inzwischen verschwunden. Das Licht in den meisten Häusern war erloschen, nur selten erkannte er das blaue Flimmern eines Fernsehers. Hannas Fenster war noch hell erleuchtet, erst nach etwa einer halben Stunde wurde es auch dort dunkel. Er saß noch einige Zeit am Balkon, auch wenn er jetzt, wo die Straßenlaternen längst ausgeschaltet waren, eigentlich nichts mehr erkennen konnte. Plötzlich piepste sein Telefon noch einmal: *Und? Hast du?* Aber er antwortete nicht, er warf eine Schlaftablette ein und legte sich ins fremde Bett.

*

Hanna nahm einen Schluck Tee und setzte sich aufs Bett. Es gab in ihrem Zimmer kein Sofa, nicht einmal einen Stuhl. Dann schlüpfte sie mit ihren geschwollenen Füßen aus den zu engen schwarzen Schuhen, die sie immer in der Kinderabteilung kaufen musste, und öffnete ihre Bluse ein wenig, bevor sie ihre Ohrclips abnahm. Sie hatte seit Jahren keine Ohrringe mehr getragen und die großen Kugeln ihrer Mutter fühlten sich unangenehm an. Die Tür zum Balkon war geöffnet und ein leichter Windhauch strich durchs Zimmer, der ihr angenehm war. Hanna hatte seit Jahren nicht mehr geschrien, aus vollem Hals geschrien und alles rausgelassen. Vielleicht sollte sie das öfter tun, zu Hause gab es ohnehin keine Nachbarn mehr, die das stören würde oder die sich deswegen die Mühe machen würden, bei ihr nachzusehen oder gar die Polizei zu rufen. Warum sie plötzlich das unbändige Gefühl gehabt hatte, schreien zu müssen, das konnte sie selbst nicht so genau sagen. Es war eine Mischung aus Schmerz, Wut und Trauer und einem großen, dunklen Etwas gewesen, über das sie lieber nicht nachdenken wollte. An der Wand über der Tür, gleich neben dem Badezimmer, hing eine große Uhr, aber deren Zeiger waren offenbar schon vor langer Zeit stehen geblieben, also sah sie auf ihr Handgelenk. Es war kurz nach Mitternacht. So lange war sie bisher nur wach geblieben, wenn ihre Mutter sie nachts wachgehalten hatte. Aber sie fühlte sich kein bisschen müde. Sie überlegte, noch einmal gegen die Wand zu klopfen, aber sie wusste nicht, ob Michael noch wach war und wollte ihn nicht wecken. Sie legte die Hand auf ihren Bauch und hielt die Luft an. Sie konnte nichts fühlen, sie spürte nur völlige Ruhe. Ihr war ein wenig übel, aber das konnte auch daran liegen, dass sie den ganzen

Tag kaum etwas gegessen hatte. Das Bett fühlte sich weich und angenehm an, trotzdem hatte sie keine Lust zurückzusinken und einzuschlafen. Am liebsten wollte sie sich sofort ins Auto setzen, das unten vor dem Balkon parkte, und einfach weiterfahren.

»Was mache ich hier bloß?«, hörte sie sich selbst laut sagen.

Aber solche Gedanken hatten keinen Sinn. Nun saß sie eben hier und würde einfach weitermachen, weiterfahren. Sich auf die positiven Erinnerungen konzentrieren, je stärker die negativen nach vorne drängen. Das hatte sie Michael doch so gesagt? Michael, für den sie sich auf eine seltsame Art und Weise verantwortlich fühlte, der in ihr Leben gekommen war wie eine zugelaufene Katze und den sie trotzdem oder deswegen nahe bei sich behalten wollte, aus Zuneigung, aber ein wenig auch aus Schuldbewusstsein, auch wenn sie nicht wusste, worin diese Schuld bestanden hätte. Irgendetwas musste ihn ja auch hierher geführt haben. Hanna nahm eine Postkarte, die sie an der Rezeption gekauft hatte, aus ihrer Handtasche und überlegte, ein paar Worte an Ilse zu schreiben, ließ es dann aber sein. Sie schlüpfte aus dem Rock, drehte ihr Mieder ein wenig zur Seite und öffnete es, zog die Strumpfhose aus und lockerte die Fasche um ihr linkes Bein, die mit einer kleinen Klammer befestigt war. Sie hasste diese Verrichtungen, es wurde mit jedem Tag aufwendiger, sich abends bettfertig zu machen, aber es hatte keinen Sinn, sich darüber zu ärgern. Sie fühlte sich nicht wie eine Frau, die Fasche und Mieder brauchte, also dachte sie nicht weiter darüber nach, sondern versuchte, ihre Hände möglichst gedankenlos arbeiten zu lassen. Sie versuchte zu schlafen, hier gab es sonst nichts für sie zu tun.

Der nächste Morgen begann, als wäre die Nacht davor nichts passiert. Zum Frühstück gab es Eier, Schinken und Käse, sogar gebratenen Speck und selbst gemachte Marmeladen, doch Hanna hatte keinen Hunger. Sie wollte weiterfahren, sich nicht mehr aufhalten lassen. Erledigen, was sie erledigen wollte. Die Tische waren akkurat gedeckt, gehäkelte Tischdecken lagen unter schweren Glasscheiben, die mit Metallklemmen am Tisch befestigt waren. Die Sonne schien durch ein kleines Fenster an der Längswand und doch war es im Frühstücksraum seltsam dunkel. Sie war schon lange vor Michael an einem der Tischchen gesessen, der inzwischen aber bereits mehrere Teller vor sich stehen hatte. Vor ihr stand nur ein weichgekochtes Ei.

»Sie haben doch immer so gerne gegessen.«

Es klang wie eine Frage.

»Das kann ich mir nicht mehr erlauben, es bereitet mir Schmerzen.« Außer ihnen beiden saß nur ein älteres Ehepaar an einem der Tische. Es war völlig still, nur im Hintergrund hörte sie leise ein Radio. »Wen haben Sie gestern eigentlich besucht?«

Das Ehepaar sprach kein Wort, also senkte auch Hanna ihre Stimme, ohne wirklich darüber nachzudenken.

»Du solltest dir auch noch ein weiches Ei holen. So etwas macht man sich selbst doch nie zum Frühstück.«

»Frau Swoboda?«

»Ich kann wirklich nicht darüber reden. Vielleicht will ich auch nur einfach nicht, aber ich trau mich da nicht drüber. Verstehst du das?«

Michael nickte und schaute zu Boden. Sie hatte ihn nicht verletzen wollen, doch dann schüttelte er nur den Kopf, schaute ihr in die Augen und meinte: »Ich rede auch nie über mich, das will doch sowieso niemand hören. Die Leute möchten doch viel lieber unterhalten werden.«

»Also hatte Elvira doch recht?«

»Elvira hat immer recht.«

Sie sah ihm in die Augen und bemerkte, dass er noch etwas sagen wollte, ihm die Worte aber nicht über die Lippen kamen. So schwiegen sie eine Weile, bis er schließlich fragte: »Wieso wollen Sie ausgerechnet nach Bayern?«

Hanna war überrascht, sie hatte ihm das Ziel ihrer Fahrt nie verraten. Offenbar bemerkte Michael ihre Überraschung, er lachte und sagte nur: »Die Straßenkarten im Handschuhfach.«

Hanna verstand, aber sie wusste nicht, wie sie seine Frage beantworten sollte. Wie konnte sie ihm das alles erzählen, hier am Frühstückstisch, das Ei immer noch vor ihr.

»Alte Erinnerungen auffrischen.«

»Erinnerungen woran?«

»Ich bin zu Kriegsende mit Mutti nach Bayern geflohen.«

»Sie sind nach Deutschland geflüchtet?«

»Vor der Zerstörung. Und vor der Roten Armee.«

»Hätten Sie die nicht willkommen heißen müssen?«

Hanna war nicht beleidigt aufgrund seines Zynismus, nicht einmal verwundert. Er hatte es sicher nicht so gemeint, was konnte er schon wissen von damals. Was konnte sie schon erwarten?

»So rot war Mutti nie. Und ich war sowieso immer eher rosa und damals noch ein kleines Kind, eigentlich.«

»Ich dachte, Sie wären nie im Ausland gewesen, außer auf ihrer Kreuzfahrt.«

»Bayern war doch damals kein Ausland.«

Hanna hatte es als Scherz gemeint, doch Michael sah sie nur schockiert an und meinte:

»Ich dachte, Sie würden größer träumen, vielleicht ans Meer fahren.«

»Davon habe ich auf der Kreuzfahrt wirklich genug gesehen. Das Meer ist doch auch überall das gleiche, nicht?«

Michael goss ihr etwas Orangensaft ein und schob ihr das Glas zu. Sie mochte es nicht, dass er sie wie ein kleines Kind behandelte. Oder wie eine alte Frau.

»Ich wollte nur gute Erinnerungen auffrischen.«

»Sie haben gute Erinnerungen an den Krieg?«

Hanna gab ihm einen Klaps auf die Hand. Es fühlte sich gut an.

»Natürlich habe ich keine guten Erinnerungen an den Krieg. Ich habe das Chaos schon mitbekommen. Die Angst meiner Mutter auf der Flucht, die stark sein wollte und doch nur überfordert und panisch war. Die Nächte im Freien. Ich habe keine guten Erinnerungen an den Krieg. Aber ich habe gute Erinnerungen an unsere Zeit in Bayern, als wir endlich dort waren. Zu Fuß war das nicht so einfach, wir waren ja lauter Frauen, alleine unterwegs. Wir hatten keine Ahnung, wie es weitergeht. Aber als wir dort waren, habe ich es genossen, so seltsam das klingen muss. Das kann man sich heute nicht vorstellen, aber als junges Mädchen war das keine schlechte Zeit. Ich schäme mich schon lange nicht mehr dafür. Es war halt so. Wir kamen auf einem großen Bauernhof unter. Ich kannte das ja gar nicht, wir haben ja nie am Land gewohnt.«

Michael sammelte die Brösel auf den Tellern mit dem Finger ein. Als wäre er in Gedanken versunken, murmelte er: »So ein Bauernhof ist schon etwas ganz Besonderes.«

»Ich habe so viel entdeckt, auch an mir. Ich habe ja immer gearbeitet davor, seit ich mich erinnern kann immer mitgeholfen, schon von klein auf. Dort habe ich natürlich auch gearbeitet, sonst hätte man uns ja gar nicht bleiben lassen, aber das war anders, nicht so eng und laut wie zu Hause. Nicht so dunkel. Ich hatte meinen eigenen kleinen Platz und ein wenig Sicherheit, nur mit Mutti und meinen Tanten. Das war wie ein Entkommen. Und nicht nur ein Entkommen vom Krieg. Ziegel geschleppt haben wir dann schon noch früh genug.«

Das fremde Ehepaar hatte in der Zwischenzeit die Vorhänge vollständig zur Seite gezogen, die Sonne schien nun direkt herein. Die Glasplatte auf ihrem Tisch reflektierte das Licht und schien fast zu glühen.

»Mein Großvater hatte auch einen Hof«, sagte Michael. »Sicher viel kleiner als der, auf dem sie gelandet sind. Nur ein paar Felder und im Stall ein paar Kühe und Schweine. Die Schweine mochte ich immer lieber, ich bin sogar auf ihnen geritten und habe mich ganz fest an den Ohren angehalten. Vor den Kühen hatte ich immer Angst. Einmal waren wir in der Sommerküche, als plötzlich der Stier vor der Tür stand, er hatte sich irgendwie losgerissen. Mein Opa konnte ihn langsam zurück in den Stall führen, aber ich weiß noch, wie viel Angst meine Oma damals hatte. Ich hab das ja gar nicht verstanden.«

Hanna sah an Michael vorbei zur Tür, wo sie ihre Taschen bereits abgestellt hatte. Sie war längst fertig zur Abfahrt gewesen, als sie von ihrem Zimmer heruntergekommen war. Sie hatte nur mehr auf ihn gewartet.

»Ich habe mich dort immer wohl gefühlt. Die toten Säue, die zum Ausbluten an riesigen Haken hingen. Meine Oma, die mit der Hand das Blut für die Wurst gerührt hat, damit es keine Klumpen gibt, das hat mir alles nichts ausgemacht. Heute würde ich umfallen, glaube ich. Das war für mich immer Zuhause.«

Für Hanna klang das alles zu melancholisch, viel zu verklärend. Auch wenn sie verstand, warum er das so fühlte. Es war ihr ja lange auch so gegangen. Vielleicht ging es ihr immer noch so, wenn sie von damals erzählte. Und trotzdem, bei Michael störte es sie.

»Wir hätten am Hof bleiben können, als Oma und Opa tot waren. Papa hätte ihn übernommen, aber meine Mutter wollte nicht. Sie hat ihn dazu gedrängt, ihn zu verkaufen. Und dann sind wir weggezogen.«

»Sie hat es sich sicher nicht einfach gemacht.«

Hanna hatte das Thema nicht ansprechen wollen, nicht jetzt. Aber sie wusste nicht, was sie sonst hätte sagen sollen. Er hatte sie angesehen, als warte er auf eine Antwort. Dabei hatte er gar keine Frage gestellt. »Das wissen Sie ja besser als ich«, fuhr Michael sie an.

Er war laut geworden, sogar das Ehepaar sah irritiert herüber, was Hanna peinlich war. Sie wollte nicht streiten und keine Szene verursachen. Sie wollte nur möglichst schnell aufbrechen und die Abfahrt nicht weiter hinauszögern.

»Schau, es geht doch immer um Entscheidungen, die man trifft. Und darum, was man durch diese Entscheidungen aufgibt.«

»Haben Sie das wieder aus einem ihrer Arztromane?«

Hanna wollte aufstehen, doch Michael griff nach ihrer Hand. Sie erschrak fast, sein Griff fühlte sich kalt an, beinahe aggressiv.

»Für meine Mutter war jedenfalls ganz klar, was sie aufgibt«, sagte er. Seine Stimme klang scharf und bissig, doch Hanna blieb ganz ruhig, als sie ihm antwortete.

»Ich kann dir da nicht weiterhelfen. Aber du weißt ja, wie das ist: Durch jeden Weg, den man wählt, verbaut man sich einen anderen.«

»Was wollen Sie damit sagen?«

»Dass deine Mutter eine schwierige Entscheidung getroffen hat.«

»Gegen mich. Gegen uns.«

»Jede Entscheidung ist eine Entscheidung für etwas und eine Entscheidung gegen etwas.«

»Das ist ja beruhigend zu wissen.«

»Alles, was ich sagen will, ist das: Du weißt nicht, was sie aufgegeben hätte, wenn sie bei dir geblieben wäre.«

Hanna wusste, dass sie Michael damit verletzte, aber sie konnte es nicht anders ausdrücken. Sie fand keine sanfteren Worte dafür. Er stieß nur hervor: »Aber ich weiß, was sie aufgegeben hat, weil sie gegangen ist.«

Es wurde ihr zu viel, sie konnte nicht mehr. In ihrem Blickfeld waren nur mehr die Taschen neben der Tür.

»Du bist so unendlich gerne unglücklich.«

Hanna war der Satz einfach so hinausgerutscht, aber sie bereute ihn nicht. Michael riss ungläubig den Mund auf, als hätte sie ihm ins Gesicht geschlagen.

»Habe ich nicht recht? Haben nicht alle recht, die dir das schon gesagt haben?«

Michael schwieg, er ließ seine Finger über die Tischplatte wandern.

»Irgendwann wirst du etwas ändern müssen, denkst du nicht?«

»Da ist nichts zu ändern, dafür ist es zu spät. Man sollte genießen, was man nicht ändern kann. Süßer Schmerz eben.«

»Irgendwann kommt ein Schmerz, der nicht mehr süß ist. Glaub mir.«

»Wie am Grab Ihrer Mutter?«

Sie war ihm nicht böse.

»Oder bei Ihrem Besuch im Gefängnis?«

Sie spürte nur ein ungutes Gefühl in der Magengegend.

»Ich wollte dich nicht beleidigen«, sagte sie. »aber wenn eine Wunde sich nicht schließt, fängt sie an zu stinken.«

»Und ihre Lösung sieht wie aus? Ärmel hochkrempeln und nach vorne schauen? So einfach ist das nicht.«

»Du kannst ruhig glücklich sein. Ich verrate es niemandem.«

Mühsam stand Hanna auf und holte ihre Tasche aus der Ecke. Sie wollte Michael keine Möglichkeit geben, noch länger hier zu bleiben.

»Ich glaube, du musst dich noch umziehen und packen. Ich bezahle einstweilen, beeil dich.«

*

Das Ganze war keine gute Idee gewesen. Das hatte Michael bereits gewusst, als Hanna das Holzgatter trotz seines Protests geöffnet hatte. Es hatte abweisend genug ausgesehen. Was hatte sie sich nur dabei gedacht? Aber jetzt erst die gefletschten Zähne des Monstrums vor seinem Fenster: Die machten es ihm erst richtig deutlich. Sie waren nicht willkommen hier.

»Dürfen wir das einfach zur Seite schieben?«, hatte er noch gefragt, aber Hanna hatte nur gemeint: »Wir vielleicht nicht, aber ich kann ganz sicher«, und dann das Seil gelöst, den Eisenbolzen unter großer Kraftanstrengung aus der Versenkung gezogen und das Gatter aufgedrückt. Jetzt wollte er nichts mehr, als den Rückwärtsgang einlegen und so schnell wie möglich wieder von hier verschwinden. Weg von hier, bevor die Hunde vor ihren Türen die Fensterscheibe eindrücken konnten. Das schien offenbar ihr Ziel zu sein. Das Gebell und die Spucke auf den Fenstern machten ihm nicht nur Angst, er war geradezu hysterisch. Es war doch offensichtlich, dass sie nicht erwünscht waren.

Sie sollten zurück in den nächsten Ort fahren. Aus einem Gasthaus vorher anrufen. Sich zumindest ankündigen, wenn Hanna schon unbedingt hierher fahren musste. Das brüllte er ihr auch von der Seite entgegen, aber sie reagierte gar nicht. Seelenruhig schminkte sie sich stattdessen weiter, das bisherige Resultat in aller Ruhe im Rückspiegel betrachtend.

Als Michael zum Hof blickte, der auf einer kleinen Anhöhe lag, sah er zuerst nur einen Mann auf der Terrasse. Das Gewehr bemerkte er erst auf den zweiten Blick. Der Mann hatte es schon auf das Auto angelegt. Natürlich, war sein erster Gedanke, was auch sonst. Er hörte nochmals einen spitzen Schrei aus seinem Mund, panisch duckte er sich. Wo blieb der Knall? Er befürchtete ihn jede Sekunde und hielt sich beide Ohren zu. Von der Seite zupfte er an Hannas Ärmel, die sich deswegen den Stift ins Auge rammte, mit dem sie sich gerade die Augenbrauen nachzog. Sie schrie laut auf. Aber hatte sie das Gewehr nicht gesehen?

»Kommen Sie runter! Schnell!«

Er bekam vor Angst fast keine Luft, doch Hanna antwortete ihm in völliger Ruhe, als hätte sie das Gewehr gar nicht gesehen.

»Der will doch nur Eindruck schinden, verstehst du? Ich weiß genau, was ich tue. Das ist meine Vergangenheit hier.«

»Ihre Vergangenheit schießt Sie gleich über den Haufen.«

»Ach was, der schießt nicht. Außerdem komme ich nie wieder hoch, wenn ich mich runterducke.«

Sie nahm ganz langsam ein Taschentuch von der Ablage und wischte sich das tränende Auge trocken. Michel konnte kaum zusehen. Er wollte nur weg von hier. Er spürte sein Herz klopfen. In seinem Hals, seinen Händen. Dann endlich startete Hanna den Motor, den sie abgestellt hatte, als die Hunde beinahe auf die Kühlerhaube gesprungen waren. Immerhin, sie war zu Sinnen gekommen. Doch sie fuhr vorwärts, anstatt rückwärts.

»Was machen Sie da?«

Die Hand hatte sie auf der Hupe, um die Hunde vor dem Auto herzuscheuchen.

»Fahren Sie doch zurück, bitte!«, flehte er.

Michael hörte den Mann noch schreien. So etwas wie »Bleiben Sie stehen oder ich schieße«.

Das konnte er doch nicht wirklich gebrüllt haben? Plötzlich hörte er einen Knall. Viel lauter, als er gedacht hätte. Sofort steckte er sich wieder die Finger in die Ohren. Das Auto war offenbar nicht getroffen. Vielleicht doch nur ein Warnschuss? Michael zweifelte keinen Moment daran, dass dieser Mann sein Ziel nicht verfehlen würde. Doch Hanna blieb abermals ganz ruhig. Sie kurbelte nur das Fenster herunter, sodass die Hunde jetzt auf ihre Seite des Autos liefen und abwechselnd versuchten, durch das halb geöffnete Fenster zu springen, was ihnen über kurz oder lang wohl auch gelungen wäre, wenn Hanna nicht den Kopf hinausgestreckt hätte. Das überraschte die Tiere offenbar so sehr, dass sie kurz still waren und einige Meter zurückliefen, zumindest hörte Michael ihre Krallen nicht mehr an der Fensterscheibe wetzen.

»Ja spinnst du, willst du uns umbringen?«

Hannas Stimme klang aufrichtig empört.

»Da komme ich den weiten Weg hierher und wie empfängst du mich? Mit einer Kugel?«

Für einen Moment war es völlig still und auch die Hunde hörten zu bellen auf. Michael behielt seinen Kopf trotzdem tief unten. Nur kein Risiko eingehen.

»Wer sind Sie und was wollen Sie hier?«, hörte er den Mann rufen.

»Ich dachte, ich komme nach Bayern und nicht in den Wilden Westen!«

»Ich schieße noch mal.«

»Alter Mann, mich triffst du sowieso nicht. Du hast schon als Junge beim Zielschießen die Lieblingskuh deiner Mutter umgebracht, erinnerst du dich nicht?«

Plötzlich hörte Michael einen weiteren Knall und dann einen lauten Lacher. Zuerst von dem Mann, dann von Hanna. Dann lachten beide, als hätte einer von ihnen einen Witz gemacht, den Michael als einziger nicht verstand. Er hörte nur mehr ein ungläubiges »Hanna?«, und wagte endlich seinen Kopf wieder zu heben.

»Ja wer denn sonst?«

*

Drinnen war es erstaunlich dunkel. Hanna stand mit Michael im Vorraum, während Johannes ihre Taschen aus dem Auto holte. Michael hatte angeboten, sie selbst zu tragen, aber Johannes hatte darauf bestanden und Michael nur gemeint, er wolle niemandem mit einer Waffe in der Hand widersprechen. Auf Hanna wirkte Michael immer noch zittrig, er schien die Angeberei von Johannes mit der Waffe wirklich ernst genommen zu haben.

Als Hanna aus dem Auto gestiegen war, hatte er den Lauf des Gewehrs sofort weggerichtet, ihr etwas verlegen die Hand entgegengestreckt und sich entschuldigt. Er lebe alleine hier und bekomme eigentlich nie Besuch. Sie müsse das verstehen. Er sei vorsichtig mit Fremden geworden, in letzter Zeit. Man höre hier nichts Gutes, immer wieder käme es zu Hauseinbrüchen und überhaupt hätte er ja nur in die Luft geschossen.

»Für meinen Geschmack hat er den Finger trotzdem etwas schnell am Abzug«, hatte Michael ihr am Weg zum Haus zugeflüstert.

»Und du traust dich trotzdem mit hinein?«, hatte sie zynisch geantwortet.

»Seltsam, nicht? Aber sein Blick, als er mir die Hand entgegengestreckt hat, ich weiß nicht. Die paar grauen Haare auf dem Kopf, die buschigen Augenbrauen. Und vor allem die Augen, haben Sie ihm in die Augen gesehen? So müde und verwirrt.«

Hanna hatte nicht gleich verstanden.

»Die haben mich beruhigt, wissen Sie?«

Das Fenster am Ende des Ganges war mit dichten Vorhängen zugezogen und die Türen zu den Zimmern geschlossen. Hanna ging ganz selbstverständlich auf das Fenster zu und zog die Vorhänge mit einem Ruck zur Seite. Als wäre sie hier zu Hause. Sie wunderte sich selbst, wie natürlich ihr das vorkam, nach so langer Zeit. Sie blickte hinaus, als sie Michael hinter sich hörte.

»Meine Großeltern haben ein ähnliches Modell gehabt.«

Hanna drehte sich um. An der Längswand stand eine Ankleide aus dunklem Holz, auf einem Kästchen an der Wand daneben ein altmodisches Telefon mit Wählscheibe.

»Und obwohl das nur ein Vierteltelefon gewesen ist, war ich unendlich stolz darauf. Meine Oma hat damals darauf bestanden, ein Telefon anzuschaffen. Vorher musste ich immer zur Telefonzelle im Dorf laufen. «

»Wie kommst du gerade jetzt darauf?«

Sie beobachtete Michael, der den Blick immer noch auf das Telefon gerichtet hat und nicht zu ihr herübersah.

»Ich war schon so ewig lange nicht mehr zu Hause«, sagte er leise.

Hanna wollte noch etwas antworten, doch dann entdeckte sie hinter ihm eine Wand aus Fotos, die in den unterschiedlichsten Rahmen gegenüber der Ankleide hingen. Anstatt etwas zu sagen, zeigte sie Michael die Bilder, der sie sich ansah, ohne die Geschichten dazu kennen zu können. Die Geschichten von Menschen, von denen die meisten wahrscheinlich schon tot waren. Sein Blick blieb an einem Bild in vergilbtem Schwarz-Weiß hängen.

»Sind das Sie?«

Hanna streckte sich und versuchte, das Foto genau zu sehen. Sie kniff die Augen zusammen.

»Ja, das bin ich wirklich. Als junges Mädchen, ich hätte mich gar nicht erkannt. Woran hast du gemerkt, dass ich das bin?«

»An den Augen, glaube ich. Wer ist denn der Junge neben Ihnen?«

Als Johannes wieder bei der Eingangstür hereinhumpelte, fiel noch mehr Licht in den Vorraum, die beiden Gesichter auf dem Foto strahlten jetzt, sie sahen sich in die Augen und lachten. Hanna deutete mit dem Kopf nur leicht zur Tür.

»Das ist er.«

Der Mann kam mit beiden Taschen in den Händen auf sie zu. Hanna sah, dass er den linken Fuß immer noch etwas nachzog, was seinen Gang schwerfällig wirken ließ, etwas, das ihm seit langer Zeit in Fleisch und Blut übergegangen war. Er stellte ihr Gepäck keuchend auf die Ankleide, wobei Hannas Tasche zu Boden fiel, wischte sich die Hände an der Hose ab und streckte Michael noch mal die linke Hand entgegen, schüttelte dann den Kopf und gab ihm die rechte.

»Ich bin der Johannes.«

Ohne Michael vorzustellen, deutete Hanna auf das Foto an der Wand.

»Das hast du all die Jahre aufgehoben?«

Johannes verstand offenbar nicht gleich, dann sah er sich das Foto genauer an.

»Das war in einer Schuhschachtel am alten Heuboden.«

»Wo sich die Katzen immer zum Werfen verkrochen haben.«

Hanna war froh, dass auch hier ihre Erinnerung noch gegenwärtig war.

»Seit kein Heu mehr da oben ist, hab ich auch keine Katzen mehr gesehen. Weniger Arbeit, macht auch nichts.«

»Es ist dir sowieso immer schwergefallen, die kleinen Katzen zu ertränken.«

Von einer Sekunde auf die andere lief Johannes Gesicht tiefrot an, was gar nicht zu diesem kräftigen Mann passte, der vor ihr stand.

»Ich hab das Bild dann wieder hingehängt.«

Hanna drehte sich wieder zu dem Foto und sagte: »Das bin ich, keine Frage. Aber es fühlte sich an, als wäre es eine fremde junge Frau.«

Johannes sah auf dem Bild etwas älter aus als sie, die wie ein Kind wirkte. Hanna nahm sich viel Zeit, jedes einzelne Foto an der Wand genau anzusehen. Michael und Johannes standen hinter ihr und folgten ihrem Blick. Bei einem Bild verblieb sie länger als bei den anderen.

»Lebt deine Mutter noch?«

»Nein. Schon lange nicht mehr.«

Hanna nickte.

»Und wer ist das hier?«

»Meine Frau. Auch schon tot.«

Es klang seltsam kalt und unbeteiligt. Wie die Aufzählung von Verstorbenen, an die er schon lange nicht mehr gedacht zu haben schien.

»Ich bin der Einzige hier. Hast du Kinder?«

Er hatte Hannas Hand genommen, als er das sagte. Sie verstand die Berührung nicht gleich, sie kam ihr nicht freundschaftlich vor, erinnerte sie eher an die Berührungen von Krankenschwestern, die Angehörige trösten.

»Wir haben eine lange Fahrt hinter uns.«

Johannes nickte und mühte sich dann den Gang entlang, öffnete eine Tür, indem er mit dem Ellbogen die Klinke nach unten drückte, obwohl er beide Hände frei hatte. Er schob die Tür mit seinem Körper auf und deutete ihnen einzutreten. Hanna und Michael folgten ihm in die Küche, an deren Wand eine alte Eckbank stand. Johannes deutete ihnen, sich zu setzen, und stellte dann drei Weingläser auf den Tisch, die er mit seinem Ärmel sauber wischte. Er holte eine Flasche Wein aus dem Schrank und schenkte ihnen ein, ohne nachzufragen.

»Magst du mir erzählen?«

»Nicht jetzt.«

Eine Weile saßen sie am alten, fleckigen Tisch. Die Wände hinter der Bank waren mit dunklen Holzpaneelen verkleidet, an denen ein übergroßer Rosenkranz hing. Auf einem Regal daneben waren unzählige Porzellanpuppen aufgereiht. Buben in Tracht und Mädchen in bunten Kleidern wurden von einer Porzellannonne behütet.

»Wie lange wollt ihr denn hier bleiben?«, fragte Johannes.

»Woher weißt du denn, dass wir hierbleiben wollen?«, antwortete Hanna.

Johannes fuhr sich mit beiden Händen durch die wenigen Haare und schaute von Hanna zu Michael und zurück: »Eure Taschen. Ich dachte ...«

Hanna lächelte und unterbrach ihn: »Ich weiß es nicht, ist das schlimm?«

»Nein. Ich richte euch gleich was zum Schlafen her. Zwei Zimmer?«

»Ja selbstverständlich, was denkst du denn?«

*

Der Hof wirkte verlassen, denn es waren genügend Räume zur Verfügung, in denen sich Hanna und Michael einquartieren konnten. Michaels Zimmer lag auf der Rückseite des Hauses, eine kleine Tür führte auf den umlaufenden Balkon, der einen Ausblick auf den Stall und den in einiger Entfernung dahinter beginnenden Wald bot. Neben dem Stall war ein Traktor abgestellt. Einige Gerätschaften, deren Zweck Michael nicht zuordnen konnte, waren unter einem offenbar selbst gebauten Unterstand gleich daneben eingeschlichtet. Die Ortschaft, durch die sie auf dem Weg hierher gefahren waren, lag in der genau entgegengesetzten Richtung, hinter dem Stall sah er keine Straße, nur einen Feldweg, in den die Traktorreifen tiefe Furchen gegraben hatten. Zwischen Haus und Stall stand ein kleines Vogelhäuschen auf einem langen Holzstab, der in die Erde geschlagen worden war. Der Anblick des Vogelhäuschens inspirierte Michael, er stellte sich den grobschlächtigen großen Mann vor, wie er das Futter für die kleinen Vögel auffüllte. Der Winter war schon lange vorbei, das Vogelhäuschen leer.

Hannas Zimmer lag etwas abseits, Michael konnte am Balkon entlang bis zu ihrer Tür gehen. Ihr Zimmer war größer als seines, das Badezimmer und die Toilette direkt daneben. Von ihrem Zimmer aus konnte Hanna die Felder und Wiesen sehen, ein idyllischerer Anblick als seiner.

Sie blieben einige Tage auf dem Hof, ohne dass Michael den Zweck ihres Aufenthalts hinterfragt hätte. Auch Johannes sprach das Thema nicht an, zumindest nicht vor Michael. Nur am Abend ihrer Ankunft hatte er vom Gang aus gelauscht, wie Johannes und Hanna miteinander gesprochen hatten, ganz leise.

»Nach so langer Zeit. Kommst du einfach und willst was von mir?«

»Ich wollte dich nur noch mal sehen. Mehr nicht.«

»Ich hab dich schon vergessen, weißt du?«

Dann hatte er Hannas Lachen gehört. Es hatte nicht böse geklungen, sondern liebevoll. So wie man über ein Kind lacht, das mehr aus Tollpatschigkeit als aus Unwissenheit einen Fehler gemacht hat.

»Hast du nicht. Ich weiß das. Und du weißt das auch.«
»Ich wollte dich rausschmeißen.«
»Vielleicht gleich niederschießen.«
»Aber dann habe ich mir gedacht ...«
»... was sollst du in unserem Alter noch so kindisch sein.«
Danach war es eine Weile still gewesen und Michael hatte sich der Wand entlang wieder zu seinem Zimmer zurückgedrückt und dabei versucht, besonders leise zu sein. Er hatte Hanna und Johannes noch von seinem Bett aus leise lachen hören, also durften sie wohl bleiben. Seitdem waren sie Gäste hier und lebten auch so. Jeden Morgen war ein einfaches Frühstück für sie gerichtet, wenn sie nach unten kamen, sie mussten sich auch nicht um das Mittagessen oder das Abendessen kümmern. Johannes war es offenbar gewohnt, sich neben seiner Arbeit auch um die Zubereitung der Mahlzeiten zu kümmern. Er lebte schon lange alleine hier, seine Eltern waren beide vor langer Zeit gestorben und niemand seiner Geschwister hatte den Hof übernehmen wollen, sie waren alle weggezogen und seit Jahren nicht mehr hier zu Besuch gewesen, so viel hatte Michael aus den Gesprächen mit Hanna erfahren.

»Ich kann doch den Hof nicht verkaufen«, hatte er nur gemeint, als Hanna ihn gefragt hatte, ob ihm die Arbeit nicht manchmal zu viel werden würde.

»Die anderen haben es sich leicht gemacht, aber ich werd' doch nicht einfach weggehen. Ich nicht.«

Johannes fragte nie mehr nach dem Grund ihres Besuches, als fände er es selbstverständlich, dass sie nach Jahrzehnten mit einem fremden jungen Mann hier auftauchte.

Michael versuchte, einen Tagesablauf für sich zu finden, einen Rhythmus. Morgens schlief er lange, frühstückte dann, besuchte die wenigen verbliebenen Tiere im Stall, ohne sich je aufraffen zu können, bei der täglichen Arbeit zur Hand zu gehen. Meistens erkundete er danach die Gegend bei ausgedehnten Spaziergängen, auf die Hanna ihn nie begleitete, und nachmittags telefonierte er mit Elvira, die ihn schlichtweg für verrückt erklärte.

»Ich bearbeite dich seit Jahren von hier wegzugehen, in die Stadt zu ziehen, und was machst du? Du flüchtest aufs Land. Willst du jetzt Bauer werden? Oder Bauer spielen?«

Sie konnte nicht aufhören, nach dem Grund seiner Stadtflucht, wie sie es nannte, zu suchen.

»Als ob wir hier nicht schon ländlich genug wären!«

So sah bald ein normaler Tag für ihn aus. Er hatte mit Hanna über seine Mutter sprechen wollen, aber das fiel ihm seit dem Streit in der Pension noch schwerer als zuvor. Er fand keinen Punkt mehr, an dem er hätte ansetzen können, er hatte sich selbst eine Blockade gesetzt, ein Hindernis in sich, das er jetzt nicht mehr aus dem Weg räumen konnte. Wie immer. Außerdem verbrachte Hanna die meiste Zeit getrennt von ihm, nur zu den Essenszeiten sahen sie sich. Während er auf dem Balkon saß oder die Feldwege der Gegend erkundete, blieb sie im Haus oder ging in den Stall, und anders als er, packte sie bei der Arbeit mit an. Als Michael sie einmal fragte, ob sie mit Johannes schon über ihre Kindheit hier gesprochen hatte, schüttelte sie nur den Kopf. Er war offenbar nicht der Einzige, der beim inneren Hürdenlauf versagte.

»Es hat sich gar nichts verändert. Der Hof sieht aus wie damals, nur der Stall ist neu, und das Holz am Balkon, das war schon damals morsch. Aber sonst erkenne ich alles wieder. Aber es fühlt sich nicht so an, weißt du?«, hatte sie nur gemeint.

Michael aber hatte sie gleich nach ihrer Ankunft, als sie sein Zimmer inspizierte, von diesem damals erzählt, über das er so wenig wusste. Von den Frauen hier am Hof, die während der Abwesenheit der Männer alle Arbeit erledigt hätten. Von der Stimmung, die so eigen gewesen wäre, nur unter Frauen und Kindern, jungen Mädchen und einigen wenigen Burschen wie Johannes, die glücklicherweise nicht eingezogen worden wären.

»Wahrscheinlich war es deswegen so schön hier, weil Vater nicht da war. Und auch sonst kein Mann.«

Hanna erzählte aber auch von ihrer Verlorenheit am Bauernhof, der ihr bei der Ankunft so fremd gewesen wäre wie ein exotisches Land. Sie erzählte von ihrer anfänglichen Unsicherheit, da sie gar nicht gewusst hätte, wie sie sich in dieser ungewohnten Umgebung verhalten sollte. Erst langsam hätte sie sich an das Leben am Land gewöhnt und begonnen, sich hier zu Hause zu fühlen.

»Ich war ja so jung und zumindest wollte mir hier niemand den Schädel einschlagen. Und das war das Wichtigste. Auch wenn die Bauern später immer die Bösen waren.«

Und dann lachte sie, als hätte sie einen Witz erzählt, den nur sie selbst verstand.

Michael mochte vor allem die Tiere im Stall, die paar Schweine und Hasen, die Rinderställe waren längst ungenutzt. Elvira erzählte er, er fühle sich wieder wie in seiner Kindheit am Bauernhof, vielleicht würde ihr das als Erklärung reichen, auch wenn es nicht der Wahrheit entsprach. Von seinen wahren Erinnerungen an den Hof seiner Großeltern erzählte er nur Hanna.

»Hier schaut es aus wie in einem Bilderbuch, finden Sie nicht? Der Hof meiner Großeltern war ganz anders. Mitten im Ort. Das war ein ganz normales Haus in der Straße, gleich daneben das kleine Gasthaus. Das Haus war auch nur ein paar Meter breit, erst wenn man das Tor aufgemacht hatte, hat man gesehen, dass sich dahinter das Grundstück in die Länge gestreckt hat. Aber mehr als ein paar Rinder und Schweine haben da trotzdem nie Platz gehabt, die Felder waren auch weit weg, außerhalb der Ortschaft, nicht wie hier. Mein Opa musste da immer eine Stunde zu Fuß hinspazieren. Dagegen ist das hier ja Großgrundbesitz.«

Nein, das war keine Zeitreise in seine Vergangenheit. Nur die Schweine im Stall, auf denen er früher immer geritten war, fühlten sich wie damals an. Und trotzdem spürte er hier eine Wut in sich. Er wollte seine Kindheit nicht zurück, es war keine Wut wegen etwas, das er verloren hatte. Es war eine unbestimmte Wut über einen Bruch in seinem Leben, der nicht mehr rückgängig zu machen war. Die Art und Weise, wie dieser Bruch erzwungen worden war, ohne dass er etwas dagegen hätte unternehmen können, ließ ihn noch jetzt nicht los. Hanna verstand das. Aber je länger sie hier blieben, desto seltener sahen sie sich, desto seltener sprachen sie miteinander. Was ihm blieb, waren nur die Telefonate mit Elvira und die Nachrichten an Ernst, die er immer noch schrieb und die immer noch unbeantwortet blieben.

*

Hanna genoss die Zeit bei Johannes, auch wenn sie ein schlechtes Gewissen hatte, da sie sich so wenig um Michael kümmerte, der sich nur selten im Haus oder im Stall blicken ließ. Sie sahen sich meist zum Frühstück, dann packte er ein paar Sachen und verschwand oft für Stunden. Manchmal hatte sie Angst, er würde nicht mehr zurückkehren, einfach verschwinden. Aber dann sagte sie sich, dass sie nicht verantwortlich für ihn war. Sie konnte sich denken, was er von ihr wollte, aber er würde den ersten Schritt machen müssen. Hanna hatte ja selbst Probleme, die Dinge anzusprechen, die ihr auf dem Herzen lagen.

So ging sie nach dem Frühstück meistens in den Stall und half Johannes bei der anstrengenden Arbeit, die er schon begonnen hatte, als sie noch im Bett gelegen war. Vermutlich wäre es nicht notwendig gewesen, so früh aufzustehen, der Hof machte sicher viel weniger Arbeit als früher, aber die Routine vor Tagesanbruch war ihm wohl in Fleisch und Blut übergegangen. Ihr kam das Sprichwort von den alten Hunden in den Sinn, denen man nichts Neues mehr beibringen kann.

Hanna mochte die Arbeit, die sie vor so langer Zeit schon einmal gemacht hatte, allerdings waren damals viel mehr Tiere im Stall gestanden, es hatte aber auch mehr helfende Hände gegeben. Außerdem konnte sie nicht faul auf dem Balkon sitzen, während Johannes sich abrackerte, er war zwar nur ein paar Jahre älter als sie, aber man sah ihm die Schmerzen der Arbeit an, die sie zwar auch in den Knochen fühlte, aber nach außen meistens gut verbergen konnte. Johannes hatte fast alle Felder verpachtet und auch nur mehr wenige Schweine im Stall stehen, aber ganz hatte er die Arbeit mit den Tieren, die ihm seit seiner Kindheit ans Herz gewachsen waren, doch nicht aufgeben können. Hanna verstand das, man brauchte eine Aufgabe. Sobald man sich dazu überreden ließ, es doch ruhiger angehen zu lassen, starb man meist innerhalb kurzer Zeit. Sie hatte es oft gesehen.

Für sie selbst war immer die Arbeit in der Fabrik ihre alleinige Aufgabe gewesen, der Einsatz in der Gewerkschaft, später dann die Kinderfreunde und irgendwann dann ihre Mutter, auch wenn es ihr schwer fiel, ihre Pflege in diese Reihe zu stellen. Auch ihre Kinder waren eine Aufgabe für sie gewesen, so seltsam und lieblos das für andere auch klingen mochte. Hatte sie sich auf diese Reise begeben, weil sie keine Aufgabe mehr im Leben hatte? Immerhin waren sogar ihre Enkelkinder längst in einem Alter, in dem sie keine Betreuung mehr benötigten und auch die gelegentlichen Kaffeetreffen mit älteren Herren waren in letzter Zeit kein Ersatz gewesen. Und so kehrte sie Scheiße zusammen, der Geruch störte sie nicht, sie hatte sich in den letzten Jahren daran gewöhnt.

Nach dem Mittagessen zog sie sich meistens auf ihr Zimmer zurück und ruhte sich aus, wie sie es auch bisher immer getan hatte. Erst am späten Nachmittag setzte sie sich neben Johannes in die Stube. Er hatte schon bald nach ihrer Ankunft gefragt, ob sie sich noch an die Platten erinnern konnte, die sie früher immer gemeinsam gehört hatten. Natürlich konnte sie. Michael hatte auf die Frage etwas gequält gelächelt. Doch dann hatte er so wunderbar erstaunt dreingeblickt, als er hörte, welche Platten wirklich gemeint waren.

»Deine Jazz-Platten. Die waren so schön verboten.«

Michael hatte dann gleich wissen wollen, ob sie die Platten aus Widerstand heraus gehört hätten, aber das war natürlich Unsinn, auch wenn sie kurz überlegt hatte, ihm seine Illusion zu lassen und eine heroische Geschichte des geheimen Musikgenusses zu erfinden. Aber die Wahrheit war eine andere: Sie hatten sich damals gar nichts dabei gedacht, nur die Freiheit und Fremdheit der Musik genossen, die ihre Körper von Kopf bis Fuß befallen hatte.

»Ich habe die Platten noch, weißt du?«

»Hast du die auch am Heuboden wiedergefunden?«

Seitdem hörten sie beinahe jeden Abend die alten, irgendwie verbogenen, immer zerkratzten Platten auf dem sicher genauso alten Plattenspieler, den Johannes auch aufbewahrt hatte. Die Musik klang jetzt beinahe fremder als damals und meistens blieb irgendwann auch die Nadel hängen, sodass die Klänge und Stimmen auf der Stelle hüpften, bis einer von ihnen beiden aufstand und mit der flachen Hand auf den Tisch klopfte, auf dem der Plattenspieler stand. Die Musik setzte dann fast immer an einer völlig anderen Stelle wieder neu ein, aber weder Johannes noch Hanna hatten noch das Fingerspitzengefühl, die Nadel mit zwei Fingern sanft und genau auf die richtige Stelle zu setzen. Vielleicht klang es für Hanna auch deshalb fremder als damals, weil es jetzt nicht mehr ihr Körper war, der reagierte, sondern ihr Kopf, der ihr allerhand melancholische Bilder vorspielte, auf die sie sich gerne einließ. Manchmal nahm Johannes ihre Hand, eine Geste der Verbundenheit und der gemeinsamen Geschichte, die sie über diese Musik hinweg verband. Sie genoss das Gefühl seiner rauen Haut auf ihren Fingerkuppen, während sie schweigend nebeneinander saßen und der Musik lauschten. Zuerst die erste Seite, dann die zweite und dann noch eine Weile das Kratzen der Nadel im stillen Raum.

Michael sah sie immer erst zum Abendessen wieder, er kam ihr von Tag zu Tag unsicherer und verlorener vor. Sie hatte gehofft, ihn ein wenig aus seinem Trott reißen zu können, das Rad zu durchbrechen, in dem er feststeckte. Aber Michael hatte sich die Tage hier noch mehr zurückgezogen, vielleicht war das auch ihre Schuld. Nur manchmal sprachen sie spät nachts am Balkon miteinander, wo sie einander zwar nicht sehen, über die Ecke des Hofes aber doch hören konnten. Sie sah die dunklen Felder und Bäume vor sich, die unendlich hellen Sterne darüber, und sprach ins Nichts, während auch seine Stimme manchmal aus dem Dunkeln zu ihr drang.

»Wir haben in einem kleinen Häuschen dort drüben gewohnt.«

Michael konnte nicht wissen, wo dort drüben war. Sie ließ ihren Blick einfach über die freien Flächen zwischen Hof und Stall schweifen.

»Kein Wunder, dass es längst abgerissen ist, das war schon damals eine Baracke. Aber wir hatten ein eigenes Zimmer. Zu Hause habe ich ja immer in einem Zimmer mit Mutti und Vati geschlafen, mehr Platz haben wir nicht gehabt. Männer hat es hier keine gegeben, nur den alten Bauern, der damals noch gelebt hat, und ein paar junge Buben, kleine Kinder. Und Johannes. Sein Fuß hat ihn gerettet, eigentlich ein Wunder. Er hat mir heimlich alle Arbeiten abgenommen, die ich nicht machen wollte.«

Sie seufzte leise.

»Auf jeden Fall war er anders als die Burschen, die ich bis dahin gekannt habe. Irgendwie feiner, obwohl er doch nur ein Bauernbub war. Ein Bauernbub mit Jazz-Platten, vom Onkel aus der Stadt geschickt. Und das hier, so abgeschnitten, im Nirgendwo.«

Manchmal erzählte sie auch von Ilse und den Enkelkindern und hatte danach jedes Mal das Gefühl, als hätte sie ein Tagebuch geschrieben, weil Michael als Adressat ihrer Erzählungen so unsichtbar und anonym blieb. Michael selbst sprach dabei oft kein Wort.

*

»Wir sollten wieder nach Hause, denken Sie nicht auch?«, fragte Michael.

Sie saßen am Tisch und aßen zu Abend, Johannes hatte gerade Fleisch und Würste aus der Speis geholt, wie die Abende zuvor, und das Abendessen bereitet.

»Du willst schon fahren?«, fragte er.

Der feste Holztisch war vollgeräumt mit Tellern, Platten, mit Schneidbrettern und Plastikdosen. Michael wandte sich zu Hanna, deren Gesichtsausdruck er nicht deuten konnte. War es Wut? Sie hatte die Augen zusammengekniffen und schien nicht ganz zu verstehen.

»Sie wollen sicher noch bleiben, aber ich denke, es wäre besser, wir würden uns langsam auf den Weg machen.«

»Ihr seid doch gerade erst angekommen.«

Johannes stellte noch einen Topf mit Salat auf den Tisch und verteilte etwas davon auf kleine Teller, die er Michael und Hanna zuschob.

»Wir sind jetzt seit einer Woche hier, wir sollten Sie nicht länger beanspruchen.«

»Ihr wollt wegen mir weg?«

Johannes hielt die Rotweinflasche, die er aus dem Schrank geholt hatte, unbeholfen wie eine Waffe vor sich und blickte von Michael zu Hanna und zurück.

»Ich will noch gar nicht weg, nur Michael fühlt sich nicht mehr wohl«, sagte sie.

Johannes goss ihnen etwas Wein in winzige Gläser, an deren Seiten Weinranken eingraviert waren. Hanna trank wie immer nur Wasser, was Johannes nicht davon abhielt, auch heute wieder drei Gläser einzugießen.

»Sie brauchen mich hier nicht«, sagte Michael zu Hanna.

»Wegen mir muss niemand weg.«

Johannes klang beinahe beleidigt, was Michael nicht gewollt hatte. Er würde auch alleine zurückfahren, aber er konnte Hanna nicht zurücklassen.

»Natürlich brauche ich dich«, sagte sie zu ihm.

Hanna lächelte Michael zu und streichelte seine Hand, als wolle sie ihn beruhigen. Doch Michael hatte ganz ruhig gesprochen und ihre Geste ärgerte ihn. Er war kein Kind.

»Wofür?«

»Sehr sogar.«

Das war keine Antwort auf seine Frage, aber mehr als mit ihren Worten schien sie ihn ohnehin mit ihren Augen überreden zu wollen, noch zu bleiben.

»Du kannst doch nicht wieder weg. Wie damals. Einfach so.«

Johannes klang verängstigt, als er das sagte, obwohl er kaum zu ihnen hersah und offenbar versuchte, beim Aufschneiden der Würste einen geschäftigen Eindruck zu erwecken.

»Wir mussten damals wieder zurück, wir sind doch nicht einfach davongelaufen«, entgegnete Hanna.

Von draußen knallte die Sonne durch das Fenster, obwohl es schon spät am Abend war. Die Luft in der Küche war heiß und schwül, Johannes schwitzte und wischte sich mit einem Stofftaschentuch, das er aus der Brusttasche seines Blaumanns fischte, die Stirn ab. Dann zog er die Vorhänge zu. Michael hatte offenbar einen wunden Punkt getroffen, das Gespräch fand nur mehr zwischen Hanna und Johannes statt.

»Ich glaube nicht, dass Sie mich noch brauchen«, sagte er und schob seinen noch halb vollen Teller zur Seite, trank das Glas aus und stand auf. Johannes beobachtete ihn gar nicht, sondern fixierte Hanna mit seinen Augen, die ihn ebenfalls nicht zu bemerken schien, während sie einfach weitersprach.

»Ich war doch noch ein Kind. Glaubst du, ich hätte hierbleiben können, selbst wenn ich gewollt hätte?«

Johannes stand neben der Tür und stützte sich am Türstock ab. Er sah jetzt noch älter aus als sonst.

»Ich kann nicht noch einmal so viele Jahre warten.«

Johannes lachte, aber das Lachen kam nur halbherzig aus seinem Hals. Ein wenig klang er wie Ernst, der immer zu husten schien, wenn er ein Lachen aus sich herauspresste. Es war ein metallisches, künstliches Geräusch.

»Ich bleibe ja hier«, sagte Hanna.

Michael meinte, eine Lüge heraushören zu können. Nicht darüber, hierbleiben zu wollen, aber über etwas anderes, das er nicht genau zuordnen konnte. Ein Zittern in ihrer Stimme verriet sie.

»Können Sie mich dann morgen zum Bahnhof bringen?«, fragte er.

Es war mehr eine Aufforderung als eine Frage.

»Ich werde meine Sachen packen.«

Er wollte gehen, aber Johannes stieß sich vom Türstock weg und hielt ihn an seinem Arm fest. Sein Griff war stark, aber nicht aggressiv.

»Ihr könnt bleiben, so lange ihr wollt.«

Michael schob die Hand zur Seite und lief, ohne ein weiteres Wort zu sagen, die Stufen zu seinem Zimmer nach oben, öffnete die Tür zum Balkon, von wo ihm ein warmer Windhauch entgegenblies. Er holte seine Tasche unter dem Bett hervor und ging zum Schrank, der in der Ecke stand. Eine Hose, ein paar T-Shirts, er würde nicht länger als eine Minute brauchen, seine Sachen zu packen. Mit ihm im Schlepptau hatte Hanna nicht ganz alleine vor der Tür stehen müssen, er hatte seine Schuldigkeit getan. Elvira hatte recht gehabt, er sollte seinen Mund halten und verschwinden.

*

Johannes stand in der Tür und sprach kein Wort. Hanna war überrascht, wie sehr ihn die Aussicht auf ihre Abreise getroffen zu haben schien, er sah vollkommen verändert aus.

»Du kannst nicht einfach wegfahren.«

»Ich habe doch schon gesagt, dass ich hierbleibe.«

Johannes strich sich die Haare glatt, ohne sich zu ihr umzudrehen. In der Glasscheibe der Tür begutachtete er das Ergebnis und fuhr sich dann noch mal von vorne nach hinten über den Kopf.

»Aber irgendwann werde ich nicht mehr da sein.«

»Wegen mir musst du nicht.«

Inzwischen verschwand draußen langsam die Sonne und die schweren Vorhänge sorgten dafür, dass es in der Küche noch viel schneller dunkel wurde.

»Außerdem hast du mich doch damals weggeschickt.«

Hanna rutschte der Satz einfach heraus und sie war selbst erstaunt, wie schnell er ihr über die Lippen kam. Es tat gar nicht weh, dabei hatte sie die letzten Tage nur darüber nachgedacht, wie genau sie diese paar Worte würde sagen können. Jetzt erst drehte Johannes sich um und sah zu ihr hinüber. Beim Tisch war es noch hell, er stand gleich neben dem Fenster, aber dort wo Johannes stand, neben der Tür, konnte sie ihn im Schatten kaum ausmachen. Sie sah nur seine Silhouette und trotzdem erkannte sie den Jungen wieder, der er damals gewesen war. Sicher, er war kleiner geworden, auch etwas dicker und in seinem Blaumann war er sicher nicht das, was man einen stattlichen Mann genannt hätte, aber irgendetwas an ihm erinnerte sie immer noch an früher.

»Du warst doch so jung, fast ein Kind«, flüsterte er.

Er blickte zu Boden und schien die Wörter kaum über die Lippen zu bekommen. Hanna fragte sich, warum er nicht näher kam. Wollte er im Schatten bleiben, ihr nicht in die Augen sehen? Oder hatte er Angst, bei den paar Schritten in den Raum hinein wie ein alter Mann zu wirken, der sich mit der Hand abstützen musste.

»Du warst nicht viel älter.«

»Nicht viel. Aber es reichte.«

Plötzlich war es ganz still in der Küche, sie hörte keine Geräusche aus dem Stall, sie hörte auch sonst nichts von draußen, und keiner von ihnen beiden sagte ein Wort. Natürlich hatte er recht. Sie konnte nichts dazu sagen.

»Du hast gesagt, du kommst wieder.«

Sie legte ihre Hände auf den Tisch. Es waren die faltigen Hände einer alten Frau, das konnte sie nicht verbergen. Wie viel Zeit lag zwischen dem Entschluss, wieder hierher zurückzukommen, und den Händen, die ihr jetzt so fremd vorkamen?

»Das wollte ich auch. Wiederkommen. Aber ich hatte solche Angst vor Vati und konnte Mutti nicht alleine lassen.«

»Du warst alt genug, um bei mir zu sein. Aber vor deinem Vater hast du dich gefürchtet wie ein kleines Kind.«

»Ich würde mich noch heute vor ihm fürchten, genauso wie als kleines Mädchen.«

Natürlich hatte sie wiederkommen wollen. Man hatte sie zwingen müssen, überhaupt von hier wegzugehen. Erst Johannes hatte ihr klargemacht, dass sie bei ihrer Familie bleiben sollte.

»Wieso lachst du?«, fragte er sie.

»Du hast mich weggeschickt, mich überredet. Ausgerechnet.«

»Ich hatte Angst. Du hättest zurückkommen sollen. Ich habe auf dich gewartet. Weißt du, wie lange ich auf dich gewartet habe?«

Hanna wusste nicht mehr, was sie sagen sollte.

»Du hast dich nicht einmal gemeldet, nicht einmal geschrieben.«

Zuerst hatte es zu sehr wehgetan. Und dann irgendwann zu wenig. Inzwischen saß auch sie im Dunkeln und Johannes stand noch immer neben der Tür. Es roch nach Fleisch und nach Wurst, das ganze Essen stand noch immer auf dem Tisch.

»Setz dich zu mir.«

Ihre Stimme klang plötzlich ganz ruhig. Als wäre sie die ganzen Jahrzehnte nervös gewesen und als wiche jetzt alle Anspannung aus ihrem Körper und ihrer Stimme. Sie hörte sich an wie eine fremde Frau. Johannes trat ein paar Schritte vor und hielt sich dann mit der rechten Hand an der Küchenzeile fest. Wie konnte ein so alter Mann nur jeden

Tag seine schwere Arbeit verrichten? Er setzte sich auf den Sessel, ein Stück weit weg von Hanna, die auf der Eckbank nach vorne rutschte.

»Es tut mir leid.«

Es tut mir leid. So einfach. Vier Worte. Und doch jene vier Worte, die sie die letzten sechzig Jahre nicht hatte sagen können. Zu niemandem. Hanna nahm eine Wurst und biss ab.

»Warum bist du zurückgekommen?«, fragte Johannes.

Er sah ihr nicht in die Augen, er schaute aus dem Fenster in die Dämmerung.

»Ich bin zurückgekommen, weil ich einen Fehler gemacht habe.«

Plötzlich kamen ihr all diese Sätze ganz leicht über die Lippen.

»Eigentlich zwei Fehler. Und ich dachte, vielleicht kann man die noch geradebiegen. Das ist ein bisschen peinlich, findest du nicht? In meinem Alter.«

Sie versuchte ein Lächeln, aber Johannes verzog keine Miene, er legte seine Hände auf den Tisch und da lagen sie nun nebeneinander, vier alte, faltige Hände, die sich nicht berührten.

»Zwei Fehler?«

»Hier wegzugehen. Und mein Sohn.«

»Du hast einen Sohn?«

Sie hatten nie über ihre Familie gesprochen, das fiel ihr erst jetzt auf. Vielleicht hatte er bemerkt, dass sie das Thema nicht ansprechen konnte.

»Ich habe einen Sohn. Ich habe eine Tochter. Ich hatte sogar irgendwann einmal einen Mann.«

»Gestorben?«

»Ich wünschte. Nein, so darf man nicht denken.«

Hanna wusste nicht einmal, ob er noch lebte. Seit der Scheidung hatte sie nicht mehr mit ihm gesprochen und allen in ihrer Umgebung eingeschärft, ihr ja nichts von ihm zu erzählen. Sie hatte nie wieder von ihm gehört.

»Und statt für nur einen Mann hast du dich dann gleich für die ganze Menschheit eingesetzt.«

Sie hatte Johannes von ihrer Arbeit in der Gewerkschaft berichtet, aber jetzt wusste sie nicht, was sie darauf sagen sollte. Sie zögerte, etwas an seiner Äußerung gefiel ihr nicht, spießte sich in ihr. Doch dann beschloss sie, es sein zu lassen. Stattdessen sagte sie: »Und für alle Kinder dieser Welt dazu.«

»Das passt gar nicht zu dir. Du hättest etwas anderes verdient gehabt.«

»Ich weiß nicht, was ich verdient habe. Und du weißt nicht, was mir das bedeutet hat. Also reden wir nicht über Dinge, die wir nicht wissen können. Das war mein Leben, das hat Sinn gemacht für mich, verstehst du? Das hat sehr gut zu mir gepasst.«

»Wenn du hier geblieben wärst, hättest du das auf jeden Fall nicht notwendig gehabt. Das ist alles, was ich damit gemeint habe. Sei mir nicht böse.«

Sie war ihm nicht böse. Er hatte ein anderes Leben gelebt als sie, und sie wusste, dass er sie absichtlich verletzte. Jetzt war es ohnehin zu spät. Wer sollte das heute noch verstehen, wofür sie sich damals eingesetzt hatte? Das waren Erzählungen aus Geschichtsbüchern.

»Schau, ich war irgendwann eben nicht mehr das kleine Mädchen. Irgendwann musste ich auf mich selber aufpassen und dann stand ich da vor diesen Maschinen und wollte nur, dass es mir besser geht. Ganz naiv, ohne große Überlegungen, aber so fangen doch die besten Dinge an.«

Sie überlegte lange, während Johannes kein Wort sagte.

»Versteh mich nicht falsch. Ich bin nicht deshalb zurückgekommen, weil ich mir wünsche, dass ich nie weggegangen wäre.«

Sie nahm einen Schluck vom Wein, zum ersten Mal seit langer Zeit einen wirklich herzhaften Schluck Alkohol.

»Ich sollte das nicht trinken. Davon kommen die Schmerzen wieder.«

Johannes saß neben ihr und sah ihr beim Trinken zu, sein Glas stand vor ihm, aber er schien es nicht einmal zu bemerken.

»Du bist zurückgekommen, weil in unserem Alter sowieso alles egal ist.«

»Ich bin zurückgekommen, weil in unserem Alter nichts mehr egal ist.«

Jetzt erst hörte sie wieder die Schweine im Stall, das Summen des Kühlschranks in der Ecke. Jetzt war es nicht mehr still hier drinnen.

»Aber deine Arbeit hast du nicht aufgeben wollen für mich, als du zurückkommen hättest können, später. Und deine Familie.«

»Die habe ich auch geliebt. Beide.«

Johannes nickte, aber er sagte kein Wort. Hatte er dieses bedeutungsvolle ›auch‹ überhört? Er schaute auf seine Hände, die immer noch auf der Tischplatte lagen. Hanna legte ihre Hände auf seine und fühlte die raue Haut seiner Finger.

»Magst du nicht eine Platte auflegen, wir haben heute noch keine Musik gehört.«

Johannes stand auf und ging in die Stube, nach einiger Zeit hörte Hanna die ersten Töne, sogar das Kratzen der Nadel. Ihre Ohren waren besser als ihre Augen. Und dann erkannte sie die Platte, an einem Ton nur. Johannes kam zurück und setzte sich mühsam wieder auf den Stuhl. Er sagte nichts, sie saßen beide da und hörten der Musik aus dem anderen Zimmer zu. Die vielen Jahre, die seit dem ersten Hören vergangen waren.

»Weißt du noch, wie wir früher getanzt haben? Jeder für sich, ganz unschuldig?«

Johannes lächelte, also erinnerte er sich noch. Er hob die Hände und bewegte sie zur Musik, langsam schwingend, mit den Fingern tanzend.

»Besser schaffe ich das heute nicht mehr.«

Hanna sah dem Tanz seiner Hände zu, dann stand sie langsam auf, zupfte sich den Rock zurecht, strich sich eine Haarlocke aus dem Gesicht und versuchte, die Musik wie früher in ihrem Körper zu spüren. Sie wollte nicht akzeptieren, dass die Töne nur mehr Zugang zu ihrem Kopf und nicht mehr zu ihrem Fleisch fanden. Sie begann sich zu bewegen, etwas holprig zu tanzen. Hanna wusste nicht, wann sie das zuletzt getan hatte, wahrscheinlich auf ihrer Hochzeit, später war sie sicher nicht mehr auf einer Tanzfläche gestanden. Sie durfte sich jetzt bloß nicht vorstellen, wie sie dabei aussah, sie musste ganz bei sich bleiben, sonst würde sie vor Scham rot werden und sofort wieder damit aufhören. Also schloss sie die Augen. Doch dann hörte sie Johannes lachen und sah ihn an, enttäuscht, vielleicht sogar wütend. Aber als sie seine Augen sah, merkte sie, dass er nicht über sie gelacht hatte, dass es kein bösartiges Lachen gewesen war, dass er sich vielleicht sogar erinnerte, wie er sich gemeinsam mit ihr bewegt hatte. Für ihn sah sie nicht lächerlich aus, nicht wie eine alte Frau, die etwas peinlich mit den Armen fuchtelte und mit den Hüften wippte.

»Siehst du das junge Mädel vor dir?«

Er nickte.

»Das du weggeschickt hast?«

Er nickte wieder und sagte: »Weil ich zu feig war. Weil nichts passieren durfte.«

Sie tanzte nur für ihn.

*

Michael saß auf dem Balkon, als er ein Geräusch hörte. Vor sich sah er kaum etwas, die Nacht war hier unendlich dunkel, obwohl die Sterne so hell leuchteten. Noch vor einigen Minuten war die Musik von unten leise nach oben gedrungen, die ihm in den letzten Tagen schon in die Ohren gegangen war, hatte Platte um Platte gehört, nur unterbrochen von der kurzen Zeit der Stille, wenn die beiden die alte Scheibe vom Plattenspieler nahmen und eine neue auflegten. Dann war es länger still gewesen und er hatte versucht, nur hier zu sitzen und nichts zu denken. Doch jetzt hörte er dieses Geräusch, das er nicht genau zuordnen konnte. Hannas Stimme, ganz leise, die aus ihrem Zimmer zu ihm herüber wehte. Sie klang nicht gequält, und trotzdem machte er sich nach dem Vorfall in der Pension ein wenig Sorgen. Michael ging in sein Zimmer und stand eine Weile unschlüssig vor dem Bett, öffnete dann die Tür zu dem Gang und stand nach einigen Schritten vor Hannas Zimmertür. Er überlegte kurz, sein Ohr an die Tür zu legen, entschied sich dann aber doch anders. Er ballte seine Hand zur Faust und klopfte dreimal kurz gegen die Tür, wie er es in der Pension gemacht hatte. Nach einem kurzen Moment der Stille hörte er Hannas erschöpfte Stimme, die ihm versicherte, dass alles in Ordnung sei. Michael blieb kurz vor der Tür stehen, drehte sich dann um und ging zurück in sein Zimmer.

Er nahm sein Telefon, zog seine Schuhe an und lief die Stiegen nach unten. Vor dem Hof blieb er kurz stehen, Hannas Fenster konnte er von hier nicht sehen. Plötzlich standen die beiden Hunde neben ihm und winselten leise. Sie hatten sich an seine Anwesenheit hier gewöhnt. Michael überlegte nicht lange. Er begann, den ausgefahrenen Weg mit den tiefen Furchen der Traktorräder entlangzulaufen. Die Hunde hatten offenbar entschieden, ihm zu folgen. Nach der ersten Biegung konnte er Hannas Fenster sehen, das jedoch dunkel war. Vielleicht schlief sie schon. Eine Weile später nahm er sein Telefon und tippte ein paar Worte: *Schläfst du schon?* Er steckte das Telefon wieder in seine Hosentasche, aber wenige Sekunden später klingelte es und er hob erleichtert ab. Selbstverständlich schlief Elvira noch nicht, aber sie war ein wenig wütend, er hatte sich schon einige Zeit nicht mehr bei ihr gemeldet. Michael entspannte sich. Die Stimme Elviras, die etwas höher wurde, wenn sie wütend war, war er so gewohnt, dass er sich sogar hier im Dunkeln, auf einem menschenleeren Feldweg, aufgehoben fühlte.

»Ich komme nach Hause.«

Michael streichelte den Kopf des Hundes, dessen Namen er nicht kannte.

»Ja, das hast du die ganze Zeit gesagt. Sicher ist das besser für mich«, antwortete er ihr.

Eifersüchtig kam der zweite Hund angelaufen, auch er wollte gestreichelt werden.

»Ja, ich hätte bei dir bleiben sollen. Aber hier ist der Rotwein besser.«

Er hielt dem Hund seine Hand hin, die dieser freudig ableckte.

»Ich stehe auf einem Feldweg. Mit zwei Hunden, das glaubst du nie.«

Die anfängliche Angst vor den beiden großen Tieren war gänzlich von ihm gewichen.

»Nein, ich weiß nicht, ob sie miteinander schlafen.«

Er sah Elviras Gesichtsausdruck vor sich, er musste nur auf das Geräusch ihres Atems hören.

»Ja, gut für sie.«

Er ging immer weiter, nur hin und wieder leuchtete er mit dem Licht des Telefons auf den unebenen Weg. Elvira redete ohnehin einfach weiter und bemerkte gar nicht, dass er ihr nicht immer zuhörte.

»Nein, für mich gibt es nichts Gutes hier.«

Er stieg über einen Baum, der quer über die Straße lag.

»Auch keinen Bauern. Darum komme ich ja zurück.«

Michael drehte sich um, er musste die Hunde erst mit einer Armbewegung dazu überreden, ebenfalls über den Baum zu springen.

»Nein, ich habe nicht mit ihr darüber geredet, keine Angst. Es geht hier nur um sie. Nicht um mich.«

Er hoffte, dass er den Weg richtig in Erinnerung hatte.

»Vielleicht ist es wirklich besser, einfach den Mund zu halten, anstatt dauernd darüber nachzudenken, wie ich schlafende Hunde wecken kann, ohne gebissen zu werden.«

Eigentlich sollte er in Kürze die ersten Lichter des Dorfes sehen.

»Ja, natürlich habe ich das wegen meiner Hunde gesagt.«

Er hatte Lust, sich alleine zu betrinken.

»Ich brauche deine Hilfe. Ich muss raus aus der Wohnung. Aber freu dich nicht zu sehr, dass du recht behalten hast.«

Inzwischen war er sich ziemlich sicher, den falschen Weg erwischt zu haben, da kamen keine Lichter mehr.

»Ich werde wegziehen. Ich mache ja nie was, oder?«

Er sollte umdrehen, bevor er sich noch weiter verlief.

»Ich habe keinen Plan. Das ist auch ganz gut so.«

Dann konnte er eine Weile nichts sagen und hörte nur zu, es sollte ihm recht sein, er wollte sich ohnehin nicht erklären.

*

Michael hätte sich an die unzähligen Szenen erinnern können, die einen ähnlichen Anblick in Büchern, Filmen oder Theaterstücken beschrieben, aber es war das erste Mal seit langer Zeit, dass sich keine vorgefertigten Bilder vor seine Wahrnehmung schoben, dass er ganz ungefiltert und direkt auf etwas schauen musste, das vor ihm passierte. Er wünschte sich, noch während er Hanna zu sich zog, noch während er einen Blick in ihre Augen zu erhaschen versuchte, noch während er sich das Wenige ins Gedächtnis rief, was er über Erste Hilfe wusste, diese Distanz herstellen zu können, diesen Blick von außen, der selbst Unerträgliches erträglich machte, der selbst Schmerz relativierte und in eine Erzählung presste, aber es gelang ihm nicht. Er hatte diesen Blick perfektioniert, diese voyeuristische Sicht aus dem sicheren Innenraum nach draußen, durch eine Scheibe, die das Sehen erlaubt, doch Schutz vor der Welt bietet. Schutz der unabhängigen und völlig freien Gedanken in seinem Kopf vor der Welt da draußen, in der er wie die Figur in einem Stück lebte. Aber jetzt versagte er. Er versagte nicht, weil der Anblick Hannas, der sich ihm bot, etwas bedeutet hätte oder weil hier etwas passierte, dem er sich nicht verschließen konnte. Er versagte schlicht wegen der Brutalität der Überraschung und wegen der physischen Aufdringlichkeit, wegen der Farbe des Blutes, die so einnehmend in seine Augen sprang, und wegen des Geruches nach Schweiß, Scheiße und Blut, der so penetrant in seine Nase kroch. Binnen kürzester Zeit klebte Hannas Blut und ihr Kot an seinem ganzen Körper.

Er legte sie auf die kalten Fliesen und drehte ihren regungslosen Körper zur Seite, aus Angst, sie könne ersticken. Panisch versuchte er, ihre Mundhöhle mit den Fingern zu leeren, aber da war nichts. Er wusste nicht, was er zuerst machen sollte, er fischte in seinen Hosentaschen nach dem Telefon, aber er konnte es nirgends finden, also schrie er, so laut er konnte, während er ihren Körper nach Verletzungen untersuchte, nach Wunden, die er nicht fand. Michael brüllte nach Hilfe und erst jetzt schob sich wieder eine schützende Schicht zwischen ihn und diesen Moment. Er erkannte sich von außen, wie er am Boden kniete, Hannas Körper neben sich, seine Haare vom Blut verklebt. Er sah sich, wie er sich zu Hannas Kopf hinabbeugte, um ihren Atem und ihren Herzschlag zu kontrollieren, und erst, als er seine Finger an ihren Hals legte, fielen ihm all die Bilder wieder ein, die er bisher gesehen hatte und die diesem hier ähnelten. Die Szenen halfen ihm, sie gaben ihm Sicherheit und Ruhe, zumindest Konzentration. Er war froh, sowohl Hannas Atem als auch ihren Herzschlag spüren zu können. Er bemerkte, wie er hysterisch zu lachen begann. Es befreite ihn und es war ohnehin niemand hier, ihn zu verurteilen.

Er war zurückgekommen, ohne das Dorf gefunden zu haben, und hatte sich mit der Hilfe seiner Tabletten sofort schlafen gelegt. Gleich als er aufgewacht war, hatte er Hanna gesucht, um sich von ihr zu verabschieden, er wollte sie nicht mehr überreden, mit ihm zu kommen. Doch er hatte sie nicht gefunden, sie war nicht in der Küche gewesen, nicht in der Stube. Auch Johannes, den er wie immer im Stall fand, hatte Hanna diesen Morgen nicht gesehen und Michael hatte nicht fragen wollen, ob sie die Nacht bei ihm verbracht hatte. Auch in ihrem Zimmer war sie nicht gewesen, also hatte er alle Räume durchsucht und sie erst hier gefunden, auf der Toilette, blutend neben der Schüssel liegend.

Als die Tür zur Toilette nach einiger Zeit aufgestoßen wurde und Johannes hereinstolperte, hatte Michael seine Fassung noch nicht ganz wiedererlangt.

III

Michael war beinahe empört, dass ihre Reise letztendlich hierher geführt hatte. Das Zimmer strahlte zwar eine eigenartige Ruhe aus, er fühlte sich aber dennoch unwohl. Hanna war nicht alleine, außer ihr lagen noch zwei weitere Frauen in jenen Krankenhausbetten, die Michael Angst einflößten. Hanna lag auf der linken Seite, gleich neben der Tür an die Wand geschlichtet. Ein wenig Aussicht auf den Park, der dem Krankenhaus gegenüber lag, hatte sie dennoch, wenn sie den Kopf nach links neigte und durch das Fenster blickte. Die Geräusche der beiden Frauen hinter den abtrennenden Vorhängen machten Michael auf ganz einfache Weise deutlich, dass das hier auch anderen passierte. So schockiert er im Moment auch gewesen war, das alles war kein Einzelfall. Hanna war nur eine von vielen Patientinnen. Für ihn mochte diese Situation neu und ungewohnt sein, aber hier war das Alltag.

Und Hanna lag hier, obwohl sie sich so lange dagegen gewehrt hatte. Sie hatte die Diagnose erhalten und offenbar niemandem etwas davon erzählt. Nicht ihm, nicht ihrer Tochter, die Michael sofort angerufen hatte, als er im Warteraum in den Sessel gefallen war. Sie hatte von nichts gewusst. Nicht einmal geahnt, wo ihre Mutter die letzten Tage gewesen war. Und der Befund war ihr ebenso ein Rätsel gewesen wie ihm. Und jetzt lag Hanna vor ihm, die Augen geschlossen und in den Haaren immer noch Reste verkrusteten Blutes, auch wenn das kaum mehr merkbar war. Auf ihrem Körper lag eine dünne weiße Decke, die an beiden Seiten ihres Körpers glattgestrichen war. Auf einem Laken, ihr Kopf auf einem Polster, der viel zu schmal war. Es sah aus, als wäre ihr Nacken nach hinten geknickt, doch Michael traute sich nicht, ihren Kopf hochzuheben und den Polster zusammenzudrücken. Er hatte Angst, sie dabei zu verletzen. Zwar hatten auch die Sanitäter eine Brutalität bei ihrem Transport an den Tag gelegt, er schaffte es aber dennoch nicht, sie auch nur leicht zu berühren.

Hanna sah friedlich aus, nichts erinnerte an das grausame Bild, das sich ihm auf der Toilette geboten hatte. Wie sollte er diese beiden Vorstellungen in seinem Kopf zusammenbringen, welche Geschichte würde die beiden Situationen sinnvoll miteinander verbinden? Michael nahm einen Schluck aus der Wasserflasche, die er sich aus dem Automaten am Ende des Ganges gedrückt hatte, rückte in seinem Sessel etwas zurück und blickte aus dem Fenster.

Wie hatte sie es fertiggebracht, vom Arzt einfach nach Hause zu gehen, nachdem sie die Krebsdiagnose erhalten hatte? Wie hatte sie es fertiggebracht, den Weg zu Fuß zu gehen, am Bach entlang bis zu ihrer Wohnung, die Wohnungstüre aufzusperren und so zu tun, als sei dies ein normaler Tag? Hatte sie sich Essen gekocht? Den Fernseher aufgedreht? Hatte sie sich am Nachmittag kurz hingelegt, am Abend gewaschen? Hatte sie geweint oder war sie in ihrem Alter, mit ihren Erfahrungen zu abgebrüht gewesen? Worüber hatte sie nachgedacht, an welchem Punkt hatte sie begonnen zu verdrängen, um den Tag zu überstehen und vor allem die untätigen Nächte, in denen sie mit ihren Gedanken alleine gewesen war?

Hanna hatte mit niemandem darüber gesprochen, sie hatte es geschafft, die folgenden Tage und Wochen ihrer Tochter und ihm ein perfektes Bild jener Hanna zu bieten, die sie vor dieser Nachricht gewesen war. Er bewunderte ihre Kraft und ihre Stärke, aber er verstand sie nicht, er fand keinen Zugang. Er konnte all die Erklärungen nicht akzeptieren, warum man so etwas geheim hält, so sehr er sich auch bemühte. Sie lag da, ohne sich auch nur im Geringsten zu bewegen. Die Ärztin hatte gemeint, sie schliefe nur, sie sei schlichtweg erschöpft nach der anstrengenden Operation. Sie lag nicht einmal auf der Intensivstation, was Michael verwunderte. Sie konnte sogar sprechen und hatte in der Nacht ein paar Worte von sich gegeben, aber Michael erinnerte sich nicht mehr genau, was sie gesagt hatte. Er war wohl selbst zu erschöpft gewesen. Jetzt saß er hier und wartete auf Hannas Tochter, die versprochen hatte, sich sofort ins Auto ihres Mannes zu setzen und herzukommen, offenbar hatte sie aber doch noch die Nacht abgewartet, vielleicht sogar den Tag danach, sonst hätte sie schon längst hier sein müssen. Hin und wieder kam eine Krankenschwester und sah nach dem Rechten. Eine der Schwestern hatte Hannas Lippen mit etwas Wasser befeuchtet und er hatte sich vorgenommen, dies ebenfalls zu tun, es dann aber doch nicht über sich gebracht. Diese Berührung war ihm zu intim erschienen, so privat wie der Blick durch ein offenes Fenster in ein fremdes Wohnzimmer. Er stand auf und nahm die Wasserflasche. In der Cafeteria wollte er sich einen Kaffee holen, als plötzlich die Tür des Krankenzimmers aufging und eine Frau unsicher hereinschaute, die wohl Hannas Tochter sein musste. Sie sah älter aus, als Michael sie sich vorgestellt hatte.

*

Er stand beim Kaffeeautomaten und schaute durch das wandhohe Fenster auf die Stadt, die unter ihm lag. Mit dem heißen Plastikbecher in der Hand dachte er daran, wie er Hanna in der Pension Tee gebracht hatte. Er hatte den Becher einfach vor die Tür gestellt und war dann verschwunden. Musste er sich etwas vorwerfen? Er hatte gleich an Schmerzensschreie gedacht, den Gedanken dann aber schnell wieder verworfen. Aus Feigheit, weil er sonst etwas hätte unternehmen müssen. Sie hatte ihn weggeschickt, aber vielleicht hätte er einfach hartnäckiger sein müssen. Er nahm einen Schluck vom Tee und lehnte den Kopf gegen die Fensterscheibe. Nein, er redete sich nichts ein, das konnten keine Schmerzensschreie gewesen sein, ganz sicher nicht. Und trotzdem ließen sich die Gedanken nicht abstellen.

Nach einiger Zeit kam Ilse aus dem Krankenzimmer, sie ging die paar Schritte zum Automaten und drückte sich einen Kaffee heraus. Sie hielt den Becher zitternd in beiden Händen und setzte sich auf die Sitzgarnitur, neben der eine mannshohe Palme stand.

»Michael Landmann.«

Er hielt ihr die Hand hin, doch Ilse starrte nur in ihren Kaffeebecher.

»Ich weiß.«

Sie schlüpfte aus den hohen Schuhen und legte ihre Füße auf den Tisch. Michael setzte sich neben sie.

»Meine Mutter hat mir alles erzählt. Ein wenig spät, aber immerhin. Haben Sie eigentlich gewusst, dass das mein Auto war? Dass sie nur Einkaufen fahren wollte und dann einfach nicht mehr aufgetaucht ist? Das hat sie meinem Mann gesagt. Nur einkaufen. Mir hätte das gleich seltsam vorkommen müssen, sie ist sonst nie mit dem Auto gefahren, aber ich habe mir gedacht, das wäre ein gutes Zeichen. Sie geht wieder raus, traut sich was. Ach egal, das ist jetzt auch nicht mehr von Bedeutung.«

»Sie haben nicht nach ihrer Mutter gesucht?«, fragte er sie.

»Ich habe versucht sie anzurufen. Aber sie hat das Telefon in der Wohnung liegen lassen, sie hat es ja nie mitgenommen. Wozu wir das überhaupt gekauft haben.«

Erst jetzt streckte sie ihm auch die Hand entgegen, ohne ihn wirklich anzusehen.

»Ilse Schumann.«

Erst als Michael ihr die Hand schüttelte, sah sie ihm in die Augen.

»Wie alt sind Sie eigentlich? Sie könnten auch mein Sohn sein.«

Sie schüttelte verwirrt den Kopf, als ihr der Kaffeebecher plötzlich aus der Hand rutschte. Aus ihrem Mund drang ein spitzer Schrei, als sie vom Sofa aufsprang und einen Schritt zur Seite taumelte. An ihrem Gesichtsausdruck erkannte Michael, dass sie von der ganzen Situation heillos überfordert war. Sie blickte nur mit offenem Mund auf den ausgeschütteten Kaffee, schien aber unfähig, etwas zu unternehmen. Schnell schnappte Michael sich ein paar Taschentücher aus der Box am Tisch und wischte die Flüssigkeit weg. Erst langsam beruhigte sie sich wieder und setzte sich neben ihn.

»Ich wollte, dass sie neue Leute kennenlernt. Ich wohne ja nicht in der Nähe und da dachte ich, es wäre gut, wenn meine Mutter Menschen um sich hat, die auch einmal ein Auge auf sie werfen. Man liest doch immer wieder, dass alte Menschen tagelang in der Wohnung liegen und niemand etwas bemerkt. Und erst dort, wo meine Mutter gewohnt hat. Dort wäre nicht einmal der Gestank aufgefallen.«

Er drehte sich zur Seite und blickte wieder aus dem Fenster.

»Ich habe so oft angerufen, wie es ging. Nicht jeden Tag. Natürlich nicht. Und dann heißt es vielleicht, ich hätte mich nicht gekümmert, dabei habe ich gewollt, dass sie in eine bessere Wohnung zieht. Ich habe sie dazu gedrängt, hat sie Ihnen das erzählt? Aber man weiß ja, wie die Leute reden. Das zählt dann alles nichts. Ich habe einfach Angst gehabt, dass ihr etwas passiert, so einfach ist das.«

Ihre Stimme klang plötzlich empört, als hätte er ihr einen Vorwurf gemacht, dabei hatte er nur geschwiegen.

»Sie finden das vielleicht übertrieben, aber ganz unbegründet war meine Sorge wohl nicht, wenn man bedenkt, dass ...«

Ilse nahm ihre Handtasche und kramte nach einer Zigarettenpackung. Sie zündete sich die Zigarette an und atmete tief ein. Als sie Michaels Blick sah, rollte sie mit den Augen wie ein Kind.

»Ich weiß, ich weiß. Verraten Sie mich nicht.«

Ilse nahm noch ein paar Züge und dämpfte die Zigarette dann im Topf der Palme aus, bevor jemand etwas bemerken konnte. Erst jetzt wirkte sie wieder völlig ruhig, legte die Füße auf den Tisch und holte einen Spiegel aus ihrer Handtasche. Die Ärzte hatten ihr sicher Beruhigungsmittel gegeben. Sie richtete ihre Frisur und redete einfach weiter. Michael wusste nicht, ob sie wirklich mit ihm sprach. Sie musste wohl einfach einige Dinge loswerden und er war gerade zur Stelle. Manchmal war ihm das bei Hanna auch so vorgekommen.

»Es tut mir leid, dass meine Mutter Sie hierher gebracht hat. Ich weiß nicht, was sie mit Ihnen wollte. Sie haben sie gefunden, nicht? Vielen Dank. Wer weiß, was sonst passiert wäre.«

Michael sagte weiterhin kein Wort, er stand auf und drückte einen neuen Becher Kaffee aus dem Automaten, den er Ilse auf die Lehne des Sofas stellte. Er schaute sich um, konnte aber keine Krankenschwester entdecken. Er deutete stumm auf die Ecke vor den Aufzügen, während er die Schachtel Zigaretten nahm, die immer noch vor ihr am Tisch lag, die Klappe nach hinten schob und ihr die offene Packung hinhielt. Ilse lächelte und nahm eine Zigarette, sie nickte ihm zu, doch er schüttelte nur den Kopf.

Sie zog stumm an der Zigarette und blies den Rauch in die Palme, Michael spielte mit dem leeren Plastikbecher.

»Meine Mutter hat mir nichts erzählt, kein Wort darüber verloren.«

Ilse schlüpfte wieder in ihre Schuhe und sprang dann plötzlich auf, drehte sich um und starrte gegen die Wand.

»Und wissen Sie warum das alles? Weil sie nicht von mir gewickelt werden wollte. Weil sie nicht gefüttert werden wollte, können Sie sich das vorstellen? Sie hätte das bei meiner Großmutter gemacht und wollte nicht selber so werden. Ich wäre nicht stark genug, mich um sie zu kümmern, es wäre schon für sie schwer genug gewesen, verstehen Sie? Das hat sie mir gesagt, gerade eben. Einfach so, als wäre ich ein kleines Kind. Was soll das überhaupt heißen, es wäre schon für sie schwer genug gewesen?«

Als sie sich umdrehte, hatte sie Tränen in den Augen. Michael blickte schnell bedrückt zu Boden, er wollte ihr nicht zu nahe treten.

»Ich weine nur aus Wut, wissen Sie? Was denkt sie eigentlich, wer ich bin? Ich bin immerhin ihre Tochter, heißt das nichts? Natürlich hätte ich mich um sie gekümmert. Und sonst hätte man doch eine andere Lösung gefunden.«

Ilse schnappte sich die Handtasche von der Bank und holte ein Taschentuch heraus, sie wischte sich die Augen trocken und zog dann noch einmal an der Zigarette, an der die Aschesäule bereits den Filter erreicht hatte.

»Ich weiß gar nicht, warum ich Ihnen das alles erzähle, aber meine Mutter scheint etwas in Ihnen gesehen zu haben, nicht? Haben Sie schon einen Arzt gesprochen?«

Michael schüttelte den Kopf. Die Krankenschwestern hatten ihm das wenige berichtet, was er wusste. Erst so hatte er überhaupt erfahren, dass sie schon einige Zeit krank gewesen war. Doch mehr wollten sie ihm nicht mitteilen und auch die Ärzte hatten ihm nichts erzählt. Ilse dämpfte die Zigarette wieder im Blumentopf aus, als eine Krankenschwester um die Ecke kam.

»Wo wohnen Sie überhaupt? Ich habe mich noch nicht einmal um ein Zimmer gekümmert.«

Michael warf die Plastikbecher in den Mistkübel und wollte gerade etwas sagen, als Ilse das Thema wechselte, ohne auf seine Antwort zu warten.

»Hat Ihnen meine Mutter erzählt, warum sie hierhergekommen ist? Zu mir hat sie nur gemeint, sie wollte jemanden von früher besuchen. Aber deswegen setzt man sich doch nicht in ein Auto, schwerkrank, ohne mir etwas davon zu erzählen. Ist das nicht erschreckend?«

Michael deutete auf den Gang zu Hannas Zimmer.

»Ich denke, das sollten Sie mit ihrer Mutter besprechen.«

*

Als Michael am Morgen erwachte, ohne dass ihn das Klingeln des Telefons geweckt hatte, wusste er sofort, dass etwas nicht stimmte. Bisher hatte Ilse immer angerufen, um ihm von der Nacht zu berichten und ihn zu fragen, ob er auch an diesem Tag wieder ins Krankenhaus käme, um sie abzulösen, wie sie sich ausdrückte. Sie schoben streng organisierten Dienst. Er war bisher jeden Tag gekommen und trotzdem war das frühmorgendliche Telefonat zu ihrem kleinen Ritual geworden, das Ilse die Möglichkeit gab, mit jemand anderem als den Ärzten und Krankenschwestern zu sprechen, und das Michael schon beim Aufwachen versicherte, dass alles in Ordnung war. Ilse verbrachte jeden Nachmittag und Abend im Krankenhaus. Die meisten Nächte hatte sie außerdem auf der Sofagarnitur im Wartezimmer übernachtet, bis die Krankenschwestern ihr schließlich ein freies Bett zur Verfügung gestellt hatten, auf dem sie seither schlief. Sie war nicht dazu zu überreden gewesen, in ihrem Zimmer am Hof zu übernachten, sosehr ihr die Schwestern auch versicherten, sofort anzurufen, sollte sich irgendetwas an der Situation ihrer Mutter verändern. Für Michael konnte Ilse ihre Mutter in keinem Fall verleugnen: Die ersten Nächte waren die Schwestern über ihre Hartnäckigkeit verärgert gewesen, doch mit der Zeit hatte sich dieser Ärger in Respekt verwandelt, den auch Michael zu teilen begann.

Nach ihrem ersten Gespräch hatte er Ilse anders eingeschätzt, doch ihre Sturheit und das freundliche, aber doch bestimmte Beharren auf ihren kleinen Schlafplatz hatte ihm Bewunderung abgerungen. Den Vorschlag, Hanna in ein Krankenhaus zu Hause zu überstellen, hatte Ilse abgelehnt. Mehr aus Feigheit, wie sie selbst zugab, als aus rationalen Überlegungen heraus. Sie wollte kein Risiko eingehen. Vielleicht hatte sie ihrer Mutter auch nur den Stress ersparen wollen, mit Michael hatte sie nie über alle ihre Gründe gesprochen.

Johannes fuhr Michael jeden Morgen nach Ilses Anruf ins Krankenhaus, damit Ilse ein wenig Zeit für sich am Hof hatte. Ihr Mann hatte ihr Kleidung geschickt, ursprünglich hatte sie nur wenige Sachen zum Wechseln dabei gehabt. Johannes selbst kümmerte sich weiterhin um den Hof und die Tiere und besuchte Hanna nur selten. Michael vermutete, dass Johannes Angst davor hatte, die Frau, die er so lange nicht gesehen hatte, jetzt plötzlich so hilfsbedürftig und krank vorzufinden.

»Sie hat noch Wein getrunken, am Abend vorher«, hatte Johannes einmal zu Michael gesagt, »und plötzlich das. Von einer Sekunde auf die andere.«

Abseits davon tauschten Michael, Johannes und Ilse hauptsächlich medizinische Details untereinander aus, die sie sich gegenseitig zu erklären versuchten, lebten aber nebeneinander her, ohne wirklich Zeit miteinander zu verbringen. Nur Ilse half wie selbstverständlich im Stall aus, wenn sie vormittags Zeit hatte und nach einer Nacht im Krankenhaus nicht zu müde war. Erst nach einigen Tagen konnte sich auch Johannes überwinden, Hanna zumindest hin und wieder einen Besuch abzustatten. Wenn dann gerade Ilse bei ihrer Mutter war, blieb sie mit ihnen beiden im Zimmer, doch wenn Michael bei Hanna saß, ging dieser nach ein paar kurzen Worten in die Cafeteria und bestellte sich eine Kleinigkeit zu essen, bis Johannes zu ihm herunter kam und ihm Gesellschaft leistete. Michael wusste nicht, worüber Hanna und Johannes miteinander sprachen, aber er fand, sie hatten sich nach all den Jahren noch ein wenig Zeit alleine verdient. Er befürchtete, dass Ilse immer noch nicht genau wusste, woher ihre Mutter und Johannes sich kannten.

Manchmal telefonierte er von den abgewetzten Stühlen der Cafeteria aus mit Elvira, die nicht verstand oder nicht verstehen wollte, warum er nicht einfach zurückkam. Sein Entschluss habe doch festgestanden und er könne Hanna sowieso nicht helfen, jetzt war ohnehin ihre Familie da, wie sie es ausdrückte. Dass ausgerechnet Elvira, die mit ihrer eigenen Familie seit ewiger Zeit keinen Kontakt mehr hatte, ihn durch diese Aussage auf eine Stufe mit Hannas Tochter stellte, schmeichelte ihm. Wahrscheinlich aber vermisste Elvira ihn nur, auch wenn sie das nie zugegeben hätte.

Am Nachmittag, wenn Ilse wieder ins Krankenhaus kam, ging er meist stundenlang zu Fuß auf den Hof zurück oder ließ sich wieder von Johannes abholen. Die Abende verbrachte er zumeist alleine. Dann saß er am Balkon, legte sich bald schlafen und ließ sich erst durch das Telefon wecken.

An diesem Morgen jedoch stimmte etwas nicht. Kein Klingeln, nichts. Unruhig wählte er Ilses Nummer, die erst nach ein paar Mal Läuten abhob: Hanna ging es nicht gut. Ihm lief die Zeit davon. Michael schämte sich dieses Gedankens.

*

»Was wissen Sie über meine Mutter?«

Michael saß auf einem unbequemen alten Stuhl neben Hannas Krankenbett und sah ihr nicht in die Augen, als er sie fragte, weswegen er gekommen war und worauf er jetzt endlich eine Antwort erwartete.

»Ein solches Gespräch in dieser Umgebung. Wie das letzte Gericht«, sagte sie leise.

Er wünschte sich, sie in einen Rollstuhl zu setzen und aus dem Krankenhaus zu entführen, auf eine Wiese oder in einen Park, in jedem Fall irgendwohin, wo dieses Gespräch einen etwas angenehmeren Hintergrund hätte. Doch dann gab er den Gedanken sofort wieder auf. Das hier war kein Film.

»Was willst du wissen?«

Michael und Ilse hatten lange überlegt, wie man diesen Raum etwas freundlicher gestalten könnte. Sie hatten sich auf ihren Teil des Krankenzimmers konzentrieren müssen, aber gemeinsam hatten sie ganze Arbeit geleistet.

»Das weiß ich nicht.«

Neben den obligatorischen Blumen hatte er ein riesengroßes Poster eines Kreuzfahrtschiffes im nächsten Einrichtungshaus gekauft und an die Wand gegenüber von Hannas Bett geklebt, sodass sie das Bild immer vor Augen hatte. Neben das Poster hatte er eine kleine Tischpalme gestellt, auch wenn sie auf ihrer Reise nie eine Palme gesehen hatte, wie sie ihm später versichert hatte.

»Vielleicht ist das ja wirklich ein zu deprimierendes Gespräch; die letzten Geheimnisse am Sterbebett.«

Michael fand es unangebracht, dieses Wort vor Hanna zu benutzen, aber ihnen beiden war bewusst, dass es wohl angemessen war.

»Und wenn schon. Jetzt kann ich mir erlauben, diese Geheimnisse auszuplaudern. Glaubst du nicht?«

An der Wand rechts von Hannas Bett hing das Foto von ihr und Johannes, das Michael vergrößern und rahmen hatte lassen. Aus der Nähe erkannte man die beiden Gesichter fast nicht mehr, aber aus einiger Entfernung waren Johannes und Hanna klar zu sehen.

»Ich weiß nicht, warum ich Sie damit quäle. Meine Eltern haben sich scheiden lassen, das ist nichts Besonderes. Aber ich habe immer das Bild von Ihnen im Kopf, wie Sie neben meiner Mutter gesessen sind, die Becher in der Hand. Ich weiß genau, wie Sie ausgesehen haben, von der Schiffschaukel aus. Sie und meine Mutter, in ernste Gespräche vertieft. Und dieses Bild verschwindet nicht, verstehen Sie, egal was ich mache. Als wäre darin ein Geheimnis verborgen.«

Michael hatte Hanna einen Badeanzug gekauft. Er wusste selbst nicht, was sie jetzt damit anfangen sollte, aber sie hatte sich darüber gefreut und er hatte den Badeanzug auf einem kleinen Tisch so drapiert, dass sie ihn immer sehen konnte. Das Zimmer war zu einer kleinen Bühne geworden, was die Ärzte zu stören schien, den Krankenschwestern aber gefiel, die mit Hanna immer über die vielen kleinen Dinge sprachen und ihren Geschichten lauschten.

»Was willst du wirklich wissen?«

Michael zögerte einen Moment. Dabei würde Ilse doch jeden Moment kommen, um ihn abzulösen.

»Warum ist sie weggegangen? Warum hat sie mich verlassen?«

Er schaute in Hannas Augen, aber er konnte nicht erkennen, wie sie auf seine Frage reagierte. Ihr Gesicht sah nur müde aus, das war das Einzige, was er daraus lesen konnte. Müdigkeit, die nur teilweise von den starken Schmerzmitteln herrührte. Ihre Augen sahen geschwollen aus, schwer und blutunterlaufen.

»Meine Eltern haben nie gestritten, zumindest habe ich das nie bemerkt. Und wir haben in einer kleinen Wohnung gewohnt, ich hätte das doch mitbekommen müssen. Vielleicht waren sie nicht mehr verliebt, aber wer ist das schon, nach einigen Jahren?«

Hanna versuchte sich mit der ausgestreckten Hand am Bügel über dem Bett hochzuziehen, aber es gelang ihr nicht. Michael erschrak über ihren Oberarm, als der Ärmel des Nachthemds nach unten rutschte. Er stand auf und legte seine Arme um ihre Hüften, hob sie dann ein Stück nach oben und richtete ihr den Polster. Hanna war abgemagert und Michael verstand nicht, wie sich ein menschlicher Körper in nicht einmal zwei Wochen so radikal verändern konnte. Hanna hustete und es sah aus, als hätte sie Schmerzen dabei.

»Was ist man bereit, aufzugeben?«

Michael setzte sich wieder in seinen Sessel und betrachtete die kleinen Bilder von Ilse und den Enkelkindern am Nachtkästchen.

»Und deine Mutter hatte etwas aufzugeben, so oder so.«

Michael rutschte im Sessel hin und her.

»Eine Kleinigkeit, eigentlich. Eine ganz alltägliche Geschichte. Deine Mutter war verliebt. In einen anderen Mann.«

Plötzlich lief das Gespräch wie die Szene eines Theaterstückes ab, dessen Zuseher er war.

»Aber das hast du sicher schon vermutet.«

Als säße er im Zuschauerraum, dessen Dunkelheit sich gewohnt und sicher anfühlte. Er beobachtete sich selbst auf der Bühne, wie er unruhig in diesem Sessel saß, neben Hannas Krankenbett.

»Schon bevor ihr umgezogen seid. Weg vom Hof deiner Großeltern.«

Er sah sie nicht an, als sie erzählte.

»Sie ist mit deinem Vater weggezogen, sie ist wegen dir dort weggezogen. Weil sie dich nicht aufgeben wollte. Um zu kämpfen. Aber manchmal bemerkt man erst später, dass man zu viel aufgegeben hat, verstehst du? Dass die Balance nicht mehr stimmt, dass man zu viel von Bord geworfen hat.«

»Sie hat ihn mehr geliebt als mich. Wollen Sie das sagen?«

Hanna sagte nichts darauf, was hätte sie auch sagen sollen. Eine Kleinigkeit, eigentlich. Eine ganz alltägliche Geschichte. Sie hatte recht gehabt, keine große Enthüllung.

»Darum hat sie sich also nicht mehr gemeldet. Auf nichts reagiert.«

»Ich kann mir vorstellen, dass das nicht allein ihre Entscheidung war. Dein Vater war sicher daran beteiligt. Aber ich habe danach genauso wenig mit ihr gesprochen wie du. An einem Sonntag habt ihr nicht mehr an meiner Tür geklingelt und es hat mich nicht gewundert. Ich konnte mir vorstellen, warum. Ich war dann noch einige Zeit allein am Spielplatz, aber ich wusste, dass ihr nicht mehr kommen würdet.«

»Und das hat sie Ihnen alles erzählt, einfach so.«

»Du willst das sicher nicht hören, weil er ein guter Vater war, aber er war kein guter Ehemann. Wir haben uns auch deshalb so gut verstanden, weil ich das nachvollziehen konnte, weißt du?«

»Er ist nie ein guter Vater gewesen. Und er ist ein noch schlechterer geworden, als sie weg war. Er hat ja schon damals nur furchtbare Jobs bekommen, aus denen man ihn sofort wieder gefeuert hat. Er hat ja nichts wirklich gekonnt, keine Ausbildung gehabt.«

Hanna sagte nichts, sie hörte ihm nur zu, ohne ihm in die Augen zu sehen.

»Wissen Sie, wie schwer es ist, in so einem Kaff? Mit einem Vater, der nichts kann und nichts will und nichts erreicht? Er war einfach nur verloren, komplett entwurzelt, unsicher und wahrscheinlich unendlich verzweifelt, aber das weiß ein Kind doch nicht, das ist mir damals doch nicht klar gewesen. Wahrscheinlich hätte ich einfach irgendwann den Kontakt abbrechen müssen, aber ich hatte ja sonst niemanden. Und er hat doch sein Bestes gegeben, aber manchmal reicht das Beste eben nicht.«

Hanna starrte auf das Poster an der Wand gegenüber.

»Ich weiß auch gar nicht, wie Sie auf die Idee kommen, dass er ein guter Vater gewesen ist. Wahrscheinlich hat sich meine Mutter das einreden müssen, um mich mit ihm alleine lassen zu können, guten Gewissens.«

Hanna sah Michael wieder in die Augen und erst jetzt bemerkte er, dass sie sich freute. Er bemerkte es nur an den Augen, nicht an ihrem Mund, der sich kaum bewegte. Wie konnte sie sich nur freuen? Verschämt sah er zu Boden. Sie wussten beide nichts weiter zu sagen, erst nach einiger Zeit richtete Michael sich wieder auf.

»Sie sind ja auch geblieben, Sie sind nicht weggegangen.«

»Was ist man bereit aufzugeben? Das ist immer die Frage. Aber egal was man aufgibt, man wird es ohnehin nicht los.«

Michael verstand nicht. Seine Mutter war ihn losgeworden, er hatte sie nie mehr gesehen.

»Sie haben recht. Es ist nur eine Kleinigkeit. Eine Kleinigkeit für jeden, dem man davon erzählt. Aber trotzdem ein Puzzlestück. Eines das fehlt, für das Ganze.«

Hanna bemerkte offenbar etwas an seiner Stimme oder er hatte seine Gedanken auf andere Art und Weise verraten. Sie drehte den Kopf zur Seite und sah ihm in die Augen.

»Je älter man wird, desto mehr verschlossene Gräber sollte man doch vor sich sehen, lauter tote Freunde und ihre Grabsteine. Das ist doch das Bild, das man sich vom Alter macht, habe ich nicht recht? Aber das stimmt nicht. Da sind überall nur offene Gräber.«

Sie wirkte, als hätte sie ein Rätsel gelöst.

»Ein Leben lang hat man versucht, die Vergangenheit zu begraben, und plötzlich streckt sich da diese Hand von unten durchs Erdreich. Wie im Film. Und wie im Film schlägt man mit der Schaufel drauf, fester und fester, die Hand soll ja wieder verschwinden. Man kämpft, so lange man kann.«

Immer noch sah sie Michael in die Augen, der ihre Silhouette unter der Bettdecke kaum mehr erkennen konnte.

»Aber Sie sind doch auch wieder hierhergekommen. Nach all der Zeit.«

»Weil man mit offenen Augen besser kämpft.«

Hanna atmete tief.

»Nur die Stärksten gewinnen. Ich habe keine Angst. Ich war immer stark.«

Michael nahm die Fernbedienung des Bettes und ließ den Kopfteil nach unten, sodass sie bequemer liegen konnte. Er deckte sie zu und drückte ihr einen Kuss auf die Stirn, es war das erste Mal, dass er sie so berührte. Ihr Blick war starr aus dem Fenster gerichtet.

*

Michael kannte die Landschaft von der Hinfahrt, nur saß jetzt nicht Hanna am Steuer, sondern ihre Tochter. Gleich beim Einsteigen hatte sie wieder einen Duftbaum an den Rückspiegel gehängt. Ausgerechnet, hatte Michael gedacht, aber nichts dazu gesagt.

Es war heiß im Auto, viel heißer als bei der Hinfahrt, also kurbelte er das Fenster nach unten und genoss den Fahrtwind, der ihm die Haare durcheinanderblies. Die Sonne schien, die Felder rings um sie strahlten in den hellsten Farben. Dass Hanna vor wenigen Tagen gestorben war, passte so gar nicht zu dem Bild, das sich ihm bot. Das Leben ging weiter. Wie immer.

Sie hatte nach ihrem Gespräch noch wenige Tage durchgehalten, aber kaum mehr mit ihnen gesprochen, vielleicht waren auch einfach die Schmerzen zu groß gewesen. Sie hatte keinen friedlichen Tod gehabt, den hatte man ihr auch nicht versprochen. Ilse und er waren danach noch einige Tage bei Johannes am Hof geblieben, sie hatten ihn nicht alleine lassen wollen. Sie hatten jeden Abend gemeinsam mit ihm gegessen, der ansonsten seiner Arbeit nachgegangen war, als wäre nichts geschehen. Michael hatte den Anblick dieses alten Mannes, der seine Aufgaben kaum mehr bewältigen konnte, noch schwerer ertragen als zuvor, weil er sich kein Ende für seine Geschichte vorstellen konnte. Wie lange würde er sich noch um die Tiere kümmern können und was würde danach passieren? Immerhin hatte er noch eine Aufgabe, die seinen Einsatz erforderte. Mittlerweile waren sie schon fast zu Hause und Michael wusste nicht, wie er darüber denken und vor allem fühlen sollte.

Vor wenigen Stunden hatten sie vor dem Gefängnis Halt gemacht, das Hanna schon bei der Hinfahrt besucht hatte, und wieder war Michael auf dem Gehsteig gesessen und hatte die vergitterten Fenster beobachtet, bis Ilse zurückgekommen war. Dann hatte er sich neben sie ins überhitzte Auto gesetzt, während sie aus dem Fenster gestarrt hatte.

»Wen hast du hier besucht?«

Ilse hatte ihre Zigarette zum halb offenen Fenster gehalten, sodass der Rauch hinauszog.

»Meinen Bruder.«

Michael war nicht so erstaunt gewesen, wie er es von sich erwartet hätte, und Ilse hatte nichts weiter gesagt, als hätte sie ohnehin angenommen, dass er über ihren Bruder Bescheid wusste.

»Deine Mutter ist schon mit mir hier gewesen, aber sie hat nicht darüber reden wollen. Ich habe nicht einmal gewusst, dass sie einen Sohn hat.«

Ilse hatte gelacht und ihr Lachen klang auch jetzt in seiner Erinnerung noch seltsam in Michaels Ohren. Vielleicht war sie nur froh gewesen, dass sie doch mehr über ihre Mutter wusste als er.

»Meine Mutter hat ihn überhaupt nie besucht. Wollte sie also doch noch reinen Tisch machen, das sieht ihr gar nicht ähnlich.«

Michael wurde nicht schlau aus Ilse, sie war neben ihm gesessen und hatte sich seelenruhig noch eine Zigarette angezündet.

»Sie hat sich nicht einmal entschuldigt. Dabei wäre er heute noch ein freier Mann, wenn sie sich nicht eingebildet hätte, so verdammt ehrlich sein zu müssen.«

Ilse hatte die Fahrertür zur Straße hin geöffnet und sich ungelenk aus dem Auto gebeugt.

»Ich habe mich immer gefragt, was sie in mir wohl gesehen hat«, hatte er mehr zu sich selbst gesagt als zu ihr. Ilse hatte zu ihm hinübergesehen und nur verächtlich mit den Augen gerollt und dann einen Schluck aus der Wasserflasche genommen.

»Du hast sie sicher nicht an Robert erinnert, mach dir da bloß nichts vor.«

Dabei hatte sie das erste Wort des Satzes betont, was Michael ein wenig schmerzte, auch jetzt noch.

»Vielleicht an eine seltsame Vorstellung von dem Robert in ihrem Kopf.«

Michael hatte mit dem Duftbaum gespielt und nicht zu ihr hinübergesehen. Bei der Hinfahrt hatte er ihn einfach abgerissen, doch bei Ilse traute er sich nicht.

»Wer er wirklich gewesen ist, hat sie ja nie wissen wollen.«

Ilse konnte von einer Minute auf die andere zu einem komplett anderen Menschen werden, wenn es um ihre Mutter ging. War das dieselbe Frau, die Nacht für Nacht pflichtbewusst im Krankenhaus zugebracht hatte?

»Wer war er denn wirklich?«, hatte er sie gefragt und sie hatte wieder gelacht, als hätte sie seine Frage schon viel früher erwartet.

»Er war so viel älter als ich.«

Sie hatte die Fahrertür zugeknallt und das Auto gestartet. Michael hatte sich dann auch eine Zigarette in den Mund gesteckt und nachgedacht. Sie hatte ihm Feuer gegeben und ihm dabei tief in die Augen gesehen.

»Ich habe dich noch nie rauchen gesehen.«

Er hatte nur mit den Schultern gezuckt.

»Mama hat immer ein Problem gehabt, wenn Menschen nicht funktioniert haben, wie sie funktionieren sollten, weißt du?«

Michael hatte sich bei diesem Satz unwohl gefühlt. Immerhin war er ein Mensch, der nicht funktionierte. Oder nur dann, wenn er sich mit aller Kraft dazu zwang. Und trotzdem hatte Hanna nie ein Problem mit ihm gehabt. Vielleicht hatte sie ihn einfach doch nicht so durchschaut, wie er gedacht hatte. Das konnte er nicht glauben, sie hatte ihm seine Fehler ja nie wortlos durchgehen lassen. Wahrscheinlich kannte Ilse ihre Mutter auch in dieser Hinsicht nicht so gut, wie sie dachte. Sie tat ihm leid.

»Vielleicht hat sie gewollt, dass ich jene Tochter bin, die sie für meine Großmutter war. Aber das bin ich eben nie gewesen, verstehst du? Und das hat sie nicht gesehen, glaube ich. Mein Bruder und ich sind für sie immer nur das gewesen, was sie sich für uns vorgestellt hat, aber so funktioniert das nicht.«

Dann hatte sie den Wagen umständlich ausgeparkt und war vom Gefängnis weggerast, viel schneller als Hanna jemals gefahren war.

»Was ist man bereit aufzugeben?«

»Wie meinst du das?«

Aber Michael hatte nichts mehr gesagt. Was hätte er auch sagen sollen?

Jetzt saßen sie nebeneinander im Auto und rauchten und tranken und hörten Musik. Michael wusste nicht, warum er plötzlich wieder Lust auf eine Zigarette gehabt hatte, aber er genoss den Geschmack. Ilse schien beinahe gelöst, als wäre eine Last von ihr abgefallen. Doch dann sah er aus dem Augenwinkel, dass ihr Tränen über das Gesicht liefen. Sie hielt das Lenkrad fest und weinte, ohne einen Ton von sich zu geben. Er fischte ein Taschentuch aus ihrer Handtasche und reichte es ihr.

»Wie kann es sein, dass ich so viele Dinge über meine Mutter nicht weiß? Kannst du mir das sagen?«

»Es hat wahrscheinlich einfach nie einen Grund gegeben, danach zu fragen.«

»Du weißt viel mehr über sie als ich.«

Für ihn hatte es einen Grund gegeben, nach Hannas Vergangenheit zu fragen. Aber das sagte er ihr nicht. Er hatte das Gefühl, Ilse einiges über ihre Mutter erzählen zu können, vielleicht erzählen zu müssen, aber er konnte erneut keinen Punkt ausmachen, an dem er beginnen hätte können, also schwieg er. Er erinnerte sich an die letzten Tage Hannas, die nach ihrem Gespräch kaum mehr in der Lage gewesen war, mit jemandem zu reden. Sie hatte nur einzelne Worte gesprochen, die irgendwann begonnen hatten, keinen Sinn mehr zu ergeben. Michael beobachtete links und rechts die Felder, durch die sich die Straße mühsam den Weg bahnte.

»Du hast mich nie gefragt, warum deine Mutter mich mitgenommen hat.«

Er drückte seinen Sitz nach hinten und verschränkte die Arme hinter dem Kopf.

»Oder warum ich mitgekommen bin.«

Ilse machte sich keine Mühe, etwas zu entgegnen. Sie nahm einen Schluck aus der Wasserflasche und kurbelte auch ihr Fenster ganz nach unten.

*

Michael war nie in Hannas Wohnung gewesen, auch nicht als Kind, zumindest konnte er sich nicht daran erinnern. Seine Mutter hatte meist an der Eingangstür unten geläutet und Hanna war angezogen, die Handtasche in der Hand, zu ihnen heruntergekommen, als hätte sie im Mantel neben der Tür sitzend auf sie gewartet. Es hätte ihn nicht überrascht, wenn es tatsächlich so gewesen wäre, sie waren fast immer zur selben Zeit gekommen. Irgendwann nach dem Frühstück hatte Michaels Mutter seinem Bitten und Drängen meist nicht mehr standhalten können und ihn zusammengepackt, dann waren sie am kleinen Fluss entlang hierher gegangen, um gemeinsam zum Spielplatz zu spazieren. Nur manchmal, wenn Michael schon sehr früh wach gewesen war, hatte seine Mutter darauf bestanden, noch ein wenig zu warten, um Frau Swoboda nicht aus dem Bett zu holen.

Jetzt stand er in der Küche, einem von zwei Zimmern der Wohnung, und war überrascht, in welch verfallenem Zustand das Haus war. Die meisten Möbel waren schon ausgeräumt worden, nur die Eckbank, ein Kasten und das Bett standen noch herum. Im Raum stand ein alter Ofen, daneben ein Metallkübel mit ein paar Holzscheiten, die noch niemand weggebracht hatte. Ilse und ihr Mann waren gerade dabei, die nutzlose Kleidung Hannas, die über dem Schlafzimmerboden verstreut lag, in Kisten zu packen. Er hatte versprochen zu helfen, war aber zu spät gekommen. Er winkte Ilse, die sich die Hände an ihrer Hose abwischte, ihm die Hand gab und meinte, er könne nicht mehr viel tun, vielleicht nur die Kisten mit dem Müll hinuntertragen, die sie wegschmeißen wollten. Der Rest wäre schon abtransportiert worden. Michael sah sich um, neben der Eingangstür waren einige Kisten gestapelt, viele waren es nicht. Er würde sie schnell vor die Tür getragen haben, auch wenn das Haus keinen Aufzug besaß.

Als Kind hatte ihn der große Backsteinbau immer beeindruckt, für ihn war das hier wie eine Burg gewesen, unendlich viel größer als die kleine Wohnung, in der er mit seinen Eltern gewohnt hatte. Michael erinnerte sich, wie er seine Mutter versucht hatte zu überreden, doch auch in so eine Burg zu ziehen, allein der Anblick hatte ihm Abenteuer und Aufregung versprochen. Eingezogen waren sie hier trotzdem nie, nur manchmal hatte er seine Mutter davon überzeugen können, nicht nur an der großen Eingangstür unten zu läuten, sondern die Stiegen nach oben zu gehen, so hatte er zumindest die engen dunklen Gänge und die hohen Steinstiegen erkunden können und sich dabei gefühlt wie in einer anderen Welt. Und eine andere Welt war es ja auch gewesen.

Jetzt trug er eine Kiste nach der anderen nach unten und ärgerte sich über die abgeschlagenen Stufen, über die er mehr als einmal stolperte. Hannas Beerdigung war für den nächsten Tag geplant, Ilse und ihr Mann übernachteten seit zwei Tagen in einer Pension gleich um die Ecke, während sie alle Formalitäten klärten und Hannas Wohnung ausräumten und für die Übergabe herrichteten. Ilse war mit Michael hierher zurückgefahren und gleich geblieben, ihr Mann war kurz darauf nachgekommen, um ihr zu helfen. Vermutlich hätte Michael schon früher einmal kommen sollen, aber er hatte nach seiner Ankunft erst einmal begonnen, seine eigene Wohnung auszuräumen. Es war Zeit dafür.

Als er nach seiner Rückkehr die wenige Post durchgesehen hatte, war ihm der Brief mit dem seltsamen Umschlag sofort aufgefallen. Er hätte es eigentlich wissen müssen, die Miete hatte er schon einige Monate nicht mehr bezahlen können. Der Brief war also nicht gänzlich unerwartet gekommen, er hatte ihn trotzdem mit Angst geöffnet. Die Kündigung war ein Schock für ihn gewesen, auch wenn er ohnehin vorgehabt hatte, seine gewohnte Umgebung zu verlassen. Er hätte diesen Schritt gerne aus eigenem Antrieb gesetzt, ohne die Zwänge juristischer Feinheiten, die er nicht durchschaute. Vielleicht sollte er froh über diesen Tritt sein, aber so weit war er noch nicht.

Nach weniger als einer halben Stunde hatte er alles nach unten getragen. Er lehnte sich gegen die Hausmauer, im Schatten war es angenehm kühl. Er blickte auf die gestapelten Kisten und öffnete ohne nachzudenken die oberste, die gleich zu seiner Linken stand. Er hatte nicht einmal ein schlechtes Gewissen, als er darin herumkramte, er fand ohnehin nur altes Porzellan und ein paar Röcke und Blusen. In der Kiste daneben waren Hannas Arztromane, das hatte er schon beim Heruntertragen gesehen. Er lehnte sich wieder gegen die Hauswand, überlegte einen Moment und hob dann doch die obersten Kisten herunter, um auch die unteren öffnen zu können. Als er den Deckel zur Seite bog, wusste er zuerst gar nicht, was er da vor sich hatte. Er nahm eine grüne Mappe heraus, darunter lagen etliche Abzeichen, kleine Metallknöpfe mit Schleifen. Er schlug die Mappe auf, auf deren ersten Seiten Fotos von Hanna klebten, die inmitten einer Gruppe kleiner Kinder stand und mit dem Finger direkt in die Kamera zeigte. Auf den folgenden Seiten klebten Dokumente und Unterlagen, viele von Hanna selbst, einige offenbar auch von Hannas Mutter, wenn er die Jahreszahlen genauer betrachtete. Unter den Abzeichen fand er noch andere Fotos, zahlreiche Zettel und Urkunden, die Ilse oder ihr Mann einfach in die Kiste geworfen hatten.

Etliche Dokumente waren völlig zerknittert und Michael war sich sicher, dass Hanna keines davon so schlecht behandelt hätte. Vielleicht sollte er versuchen, diese Unterlagen zu retten. Vielleicht müsste er Ilse nur an den emotionalen Wert erinnern oder zumindest fragen, ob er selbst sie denn nicht behalten dürfe, um sie genauer anzusehen oder sie an eine Bibliothek, die Kinderfreunde oder die Roten Falken weiterzugeben, die sich darüber vielleicht freuen würden und das alles ja eventuell für eine Dokumentation oder ein Archiv oder eine Ausstellung verwenden konnten, aber Michael wusste nicht, ob all diese Organisationen überhaupt noch existierten. Selbst Hanna hatte nicht gewusst, was aus den Gruppen vor Ort geworden war. Nur ein Flugblatt nahm er aus der Kiste, es zeigte ein weißes Kinderpaar, ein Mädchen und einen Jungen, vor einem roten Herzen. Er erinnerte sich an das Logo, und wenn er schon sonst nichts von Hanna für sich behalten hatte, so wollte er zumindest dieses wertlose Stück Papier vor der Vernichtung retten. Immerhin hatten sie sich am Spielplatz der Kinderfreunde kennengelernt.

Er faltete den Zettel zusammen und steckte ihn in seine Hosentasche. Weil es das einzige aus den Kisten war, das ihm selbst etwas bedeutete, das nicht ausschließlich an

Hannas Erinnerungen gebunden war, wie all die anderen Unterlagen, auf denen Namen standen, die er nicht kannte, und die Menschen zeigten, die ihm nie begegnet waren. Er musterte die offene Kiste und bemerkte erst spät, dass Ilse in der Tür neben ihm stand.

»Kannst du damit etwas anfangen? Sagt dir das etwas?«, fragte sie ihn.

»Nicht wirklich«, antwortete er. »Und dir?«

Ilse ging zur Schachtel und nahm ein paar Dinge heraus, ohne sie wirklich anzusehen.

»Mir sagt das nur, dass Mama nie zu Hause war, ansonsten gar nichts. Ich habe nie verstanden, was ihr das gegeben hat. Sie hat doch uns gehabt, wozu hat sie diese anderen Kinder gebraucht? Du kannst gerne mitnehmen, was du willst, den Rest lassen wir abtransportieren.«

Michael schüttelte den Kopf.

»Ich war da nie dabei, ich durfte nur wegen deiner Mutter überhaupt auf den Spielplatz«, sagte er.

Ilse nickte, als wüsste sie, wovon er sprach.

»Ich würde dann gehen, wenn das in Ordnung ist.«

»Wir sehen uns morgen beim Begräbnis. Sei pünktlich.«

Michael wischte nun auch seine Hände an der Hose ab, drehte sich um und lief an den Autos vorbei in Richtung Straße, als er hinter sich Ilses Stimme hörte.

»Egal welche Mutter man hat, kein Kind hat es einfach, nicht?«

Er blickte noch einmal zurück. Ilse stand schon im Stiegenhaus, sie winkte ihm zu, drehte sich um und stieg dann schnell zur Wohnung ihrer Mutter nach oben.

*

Michael folgte dem Sarg in einiger Entfernung. Vor ihm gingen Ilse und ihr Mann, der seinen Arm um die Schulter seiner Frau gelegt hatte. Michael beruhigte diese Geste. Gleich hinter ihnen folgten Hannas Enkelkinder. Nur Robert war nicht da. Ob man ihm verboten hatte zu kommen oder ob es seine eigene Entscheidung gewesen war, wusste er nicht. Der Sarg war wunderschön, aus dunklem Holz. Er wusste nicht, was Särge kosten, aber dieser hier war sicherlich nicht billig gewesen. Die Mitarbeiter der Bestattung trugen die Kränze und Blumen neben ihnen her, nur der Kranz von Hannas Tochter lag auch jetzt noch auf dem Sarg. Er hatte keinen Kranz gespendet. Sein Name war auf keiner der Schleifen gestanden, niemand hatte seinen Namen gelesen, während der kurzen Rede in der Aufbahrungshalle.

Er schwitzte in seinem schwarzen Anzug, den er sich extra dafür gekauft hatte, es war Hochsommer und die Sonne brannte unbarmherzig auf den Leichenzug herunter, erst in einiger Entfernung sah er die Straße in einen Kiesweg zum Friedhof abbiegen, der von Bäumen gesäumt war. Direkt hinter dem Sarg ging der Priester, der zuvor einige Worte gesprochen hatte. Michael vermutete, dass Ilse seine kurze Rede zusammengestellt hatte. Der Pfarrer hatte den Text einfallslos dargeboten. Er wusste nicht, ob Hanna der Priester recht gewesen wäre, aber Begräbnisse waren ohnehin nur für die Lebenden da. Es war auch ›Näher mein Gott zu dir‹ aus den Boxen gedrungen und an Gott hatte Hanna sicher nie geglaubt. Ein Begräbnis war auch nur eine Vorstellung. Wie im Theater. Aber welche Vorstellung machte man sich schon vom Tod.

Mittlerweile war der Leichenzug in die Allee abgebogen und im Schatten der Bäume war es angenehm kühl. Neben Michael ging Johannes, der sich an seinem rechten Arm festhielt. Auf dem Kiesweg fand er keinen festen Tritt und er war ohnehin unsicher auf den Beinen. Michael fragte sich, wie dieser alte Mann, der auf dem Weg zum Friedhof noch älter aussah als sonst, die weite Anreise geschafft hatte. Vielleicht hatten Ilse und ihr Mann ihn extra abgeholt, damit er Hanna durch das kleine Fenster auf der Oberseite des Sarges noch einmal sehen konnte. Michael hatte nicht hineingesehen, er hatte schon beim Gedanken daran eine Gänsehaut bekommen. Auf der Bühne war er etliche Male gestorben, aber der Gedanke an den Anblick von Hannas Leiche machte ihm Angst.

Als sie vor dem offenen Grab stehenblieben, las er auf dem Grabstein die Namen und Lebensdaten von Hannas Eltern. Noch vor kurzer Zeit waren Michael und Hanna gemeinsam hier gestanden und er hatte ihr in großen Gießkannen Wasser gebracht. Der Pfarrer sprach erneut einige Worte, aber Michael konnte ihn kaum verstehen, hinter ihnen lärmten die Autos auf der Schnellstraße. Im Theater hätte er ein Mikrophon bekommen.

»Jetzt haben wir erst meine Oma begraben.«

Michael bemerkte spät, dass Ilse neben ihm stand. Johannes und er hatten sich einen Platz neben den Mitarbeitern der Bestattung gesucht.

»Es ist alles wie damals, als hätte man den Film zurückgespult.«

Michael überraschte dieser Satz aus Ilses Mund.

»Meine Mutter hat meine Oma gewaschen, als sie gestorben war. Und angezogen. Bevor sie irgendjemandem

Bescheid gegeben hat. Hätte ich das auch tun sollen? Hätten sie das im Krankenhaus überhaupt erlaubt? Ich hätte ja nicht einmal gewusst, wie. Ich habe meine Kinder gewaschen, früher. Aber einen erwachsenen Menschen? Einen toten Menschen. Wo lernt man so etwas denn? Woher soll man wissen, wie das geht?«

»So etwas lernt man nicht, so etwas macht man einfach.«

Michael wusste nicht, ob Johannes diesen Satz so trocken rausschoss, um Ilse zu verletzen, oder ob er gar nicht daran dachte, welche Wirkung er auf Hannas Tochter hatte. Sie schwieg betroffen und nahm Michaels Hand. Die Bestatter hatten den Sarg auf die Holzbretter gestellt, die über der Grube lagen, und zogen jetzt dicke Seile darunter durch. Dann traten Sie zur Seite. Ilse nahm die Schaufel mit Erde. Das Ganze war ein perfekt einstudiertes Ritual.

»Auf Wiedersehen, Mutti.«

Nach Ilses Mann und den Kindern war Johannes an der Reihe. Auch er nahm eine Schaufel mit Erde und warf sie auf den Sarg.

»Mach's gut.«

Als Michael die Schaufel in der Hand hielt, wusste er nicht, was er sagen sollte. Er warf die Erde ins offene Grab und machte einen Schritt zur Seite, ohne ein Wort zu sagen. Ausgerechnet dem Schauspieler fehlten also die Worte. Die Vorstellung war ohnehin zu Ende.

* * *

»Es ist ein ewiger Kampf für mich, nicht alles kaputt zu machen. Nicht einfach einen kleinen Stein zu werfen und das Bersten des Glases zu beobachten. Das war schon immer so, ich wollte alles ruinieren, weil ich nicht wollte, dass irgendetwas heil ist, unversehrt, verstehst du? Ich bin glücklich und bestrafe mich dafür, indem ich mein Glück kaputt mache. Irgendetwas in meinem Leben funktioniert und ich halte es nicht aus, ohne darauf einzuschlagen. Obwohl, ich sehe eher dabei zu, wie Dinge den Bach hinunter gehen. Ich schiebe Entscheidungen so lange auf, bis es zu spät ist, bis Dinge nicht mehr rückgängig gemacht werden können. Ich gehe ja nicht einmal zum Arzt, wenn mir etwas weh tut. Ich warte lieber, bis es auch da nicht mehr anders geht. Glück ist ein langweiliger Zustand, der mir noch nie etwas gegeben hat. Vielleicht ist es aber auch nur bequemer, unglücklich zu sein. Hanna hat irgendwann einmal gemeint, dass ich einfach gerne unglücklich bin, und sie hat recht. Aber warum habe ich mich immer mit Leuten umgeben, die mich in diesem Zustand halten wollen? Ich weiß nicht, warum jetzt alles ganz anders sein sollte. Aber ich will, dass es ganz anders wird. Wie soll man etwas zerstören, das vollständig kaputt ist? Welchen Spaß soll es machen, eine Fensterscheibe zu zertrümmern, die ohnehin schon einen Sprung hat? Vielleicht ist das jetzt anders. Vielleicht ist das aber auch alles nur Unsinn und ich vermisse dich.«

»Magst du noch Rotwein?«

Michael und Elvira saßen auf der alten Schiffschaukel und hielten Plastikbecher mit Rotwein in der Hand, Elvira hatte eine Flasche mitgebracht, als sie ihn vom Begräbnis abgeholt hatte, und gemeint, Alkohol schade nach so einem Tag nie. Sie hatte recht.

»Warum sind um mich nur Menschen, die mich nicht genug lieben?«

Elvira goss ihm Rotwein nach, obwohl sein Plastikbecher noch fast voll war.

»Und das wirst du ihm sagen?«

Michael schüttelte den Kopf und nahm einen Schluck.

»Vermutlich nicht.«

Um sie herum tobten Kinder über Hannas Spielplatz, der mittlerweile öffentlich zugänglich war. Die meisten Geräte waren neu, auch die Schiffschaukel. Die Schiffe ließen sich trotzdem kaum mehr bewegen, nicht einmal von zwei erwachsenen Menschen wie ihnen.

»Hanna hat gemeint, man muss mit offenen Augen kämpfen. Aber für mich ist der Kampf erledigt. Ich will nicht noch in sechzig Jahren ringen.«

»Und das beschließt du einfach.«

»Das beschließe ich einfach.«

Michael hatte überlegt, noch einmal mit Ernst zu sprechen, an seine Tür zu klopfen und ihm denselben Monolog zu halten. Doch dann hatte er seine Meinung geändert, manche Dinge waren einfach vorbei.

»Dann wirst du auch deine Mutter nicht ausfindig machen und die große Versöhnung veranstalten? Oder an ihrem Grab weinen?«

»Nein.«

»Schade eigentlich, da wäre ich gerne dabei gewesen.«

»Ich weiß gar nicht genau, was ich jetzt mache. Ernst ist weg. Hanna ist weg. Sogar meine Wohnung ist weg. Ich habe immer daran gelitten, dass mein Leben auch anders verlaufen hätte können. Dass ich alles ganz verkehrt gemacht habe. Es hat immer wehgetan, sich für etwas zu entscheiden, weil ich so viele Möglichkeiten dadurch verloren habe. Aber jetzt gibt es nichts mehr zu verlieren, weißt du. Ich habe immer das Gefühl gehabt, dass mein Leben gar nicht mir gehört. Dass es zu jemand anderem passt. Aber was ist das schon für ein Leben, jetzt gerade?«

Elvira gab ihm keine Antwort, er hatte auch keine erwartet. Eine Weile schaukelten sie still vor sich hin und tranken den mitgebrachten Wein, erst nach einiger Zeit drehte sich Elvira zu ihm: »Ich habe dir doch immer gesagt, dass du nur Rollen spielst.«

»Du hast aber auch gesagt, dass ich panisch werde, wenn es keine neuen Rollen mehr gibt.«

»Klingt gar nicht nach mir.«

»Du hast recht gehabt. Ich glaube immer noch nicht an einen Kern, der mich ausmacht. Aber vielleicht muss ich mich für eine Rolle entscheiden und die überzeugend spielen. Jede Entscheidung für etwas ist ohnehin immer eine gegen etwas.«

»Das klingt irgendwie zynisch.«

»So fühlt es sich aber gar nicht an. Dort drüben ist sie übrigens immer gesessen, mit Hanna.«

Michael zeigte auf die Kletterburg. Früher war dort ein kleines Holzhäuschen gewesen, mit einer Tür, an der immer ein schweres Schloss hing. Hanna hatte recht gehabt mit seiner Mutter: eine Kleinigkeit, etwas Alltägliches. Ein anderer Mann. Und doch war die Leerstelle gefüllt, das Bild fertig ausgemalt.

»Und du weißt wirklich nicht, was du in Zukunft vorhast?«

»Muss ich denn etwas vorhaben?«

»Besser wäre es.«

»Vielleicht stimmt es ja, was Ernst geschrieben hat. Dass ich nie etwas mache, nur am Rand sitze und zusehe, wie Dinge schieflaufen und Spiele verloren gehen. Vielleicht muss ich endlich mitspielen.«

Elvira wiegte den Kopf hin und her. Michael konnte nicht erkennen, ob sie ihn schüttelte oder nickte.

»Auf jeden Fall muss ich hier weg.«

Elvira trank ihren Becher mit Rotwein aus. Michael sah, wie die Eltern auf dem Spielplatz sie anstarrten. Aber sie saßen nur hier und tranken ihren Wein, sie taten niemandem weh.

»Na endlich.«

Michael legte einen Arm um Elvira, die beinahe schockiert aussah. Sie kannten sich seit Jahren, sie küssten sich manchmal sogar, aber diese Geste schien sie nicht erwartet zu haben.

»Du bist nicht gut für mich«, sagte er.

»Ich weiß. Nur Menschen, die dich nicht genug lieben.«

Michael sagte nichts, er konnte nichts antworten und er wusste, dass Elvira keine Antwort erwartete. Sie sprach einfach weiter.

»Vielleicht geht es aber nicht um genug, um zu wenig oder zu viel. Vielleicht geht es nur um die Art und Weise, wie wir dich lieben. Zwischen meinem Mann und mir ist das auch nicht die wahre Liebe, aber es ist die richtige Liebe, und das zählt.«

Michael stand auf, griff mit beiden Händen an die Verstrebungen der Schaukel und begann, mit den Beinen vor und zurückzuwippen. Langsam setzte sich das Schiff in Bewegung. Eine Kreuzfahrt würde wohl nicht mehr daraus werden, aber ein leichtes Schaukeln brachte er zustande.

»Ich muss weg von hier und ich will keinen Kontakt mehr haben, mit niemandem, niemanden sehen oder sprechen. Alleine sein. Ich habe bei allen Leuten ausgetestet, wie sehr sie mich lieben. Bei Ernst am allermeisten, aber auch bei dir, oder habe ich unrecht?«

Elvira sagte nichts. Die Schaukel machte einen riesen Lärm, sie quietschte und trieb ihm eine Gänsehaut auf die Unterarme, aber sie bewegte sich. Die Eltern warfen ihnen böse Blicke zu.

»Und ich bin nicht gut für dich?«, fragte Elvira.

»Du bist ganz furchtbar für mich. Du hast einmal gesagt, ich spiele mit allen Leuten Vertrauensspiele und teste aus, wie weit sie gehen. Aber du spielst alle meine Spiele mit und du freust dich, wenn andere nicht so stark sind wie du.«

Elvira nahm noch einen Schluck aus der Rotweinflasche und warf ihren Plastikbecher über die Schulter.

»Aber schwul bist du noch?«

»Schwul bin ich noch.«

Elvira stand auf und stellte sich neben ihn. Durch gemeinsames Wippen brachten sie die Schaukel unter einem Höllenlärm noch höher, bis das Schiff schließlich weit ausholend durch die Luft sauste. Elvira hielt sich mit einer Hand fest und reichte ihm mit der anderen die Flasche. Da hörte Michael den Wagen. Er drehte sich um und zeigte mit dem Finger auf das Auto, aus dem gerade zwei Polizisten ausstiegen. Elvira folgte seinem Blick. Sie sahen sich an, ließen die Verstrebungen los und warteten, bis die Schaukel den höchsten Punkt erreicht hatte. Dann holte Michael mit den Armen aus, stieß sich ab und sprang von der Schiffschaukel, wie er auch als Kind immer gesprungen war, nur landete er, zwanzig Jahre später, mit der Sicherheit eines erwachsenen Mannes.

www.septime-verlag.at